Nos Femmes de Lettres

Published twenty October nineteen hundred and eight.
Privilege of copyright in the United States reserved under the Act.
approved march third nineteen hundred and five by Perrin and Co.

DU MÊME AUTEUR

PAUL FLAT

Nos Femmes de Lettres

PARIS

LIBRAIRIE ACADÉMIQUE

PERRIN ET Cⁱᵉ, LIBRAIRES-ÉDITEURS

35, QUAI DES GRANDS-AUGUSTINS, 35

1909

PRÉFACE

La Femme-auteur, à notre époque, ne se manifeste plus comme un phénomène isolé, comme une plante de serre chaude, poussée à grand renfort de lumière et de terreau. Elle est devenue un fait collectif, un fait social, car le groupement pressé de celles qui tiennent une plume, et qui s'en servent, suffirait à retenir l'attention de quiconque s'intéresse aux modifications de la Société, considérée comme un vivant organisme. Nous n'aurons pas à envisager ce point de vue, sinon partiellement et dans nos conclusions. Il nous faudra pourtant choisir un critérium pour faire sortir du rang l'élite de ces bataillons serrés : il tiendra tout dans une distinction nécessaire entre celles qui se consacrent à des besognes, fournisseurs attitrés des innombrables magazines à images, et celles qui marquent un réel souci d'art littéraire.

Faut-il rappeler quelques-uns des jugements extrêmes portés sur ce produit singulier : *La Femme de Lettres* ? Ils tiennent presque tous dans l'aphorisme du plus illustre des Misogynes contemporains : « Que peut-on attendre de la part des femmes, si l'on réfléchit que, dans le monde entier, ce sexe n'a pu produire un seul esprit véritablement grand, ni une œuvre complète et originale dans les Beaux-Arts, ni, en quoi que ce soit, un seul ouvrage de valeur durable. » Et ce Schopenhauer, qui sans doute se vengeait

par là d'un sexe qu'il n'avait que trop
aimé, faisait succéder à cette première
flèche ce trait suprême de son mépris :
« Il est évident que la Femme, par nature,
est destinée à obéir. Et la preuve en est
que celle qui est placée dans cet état d'indépendance absolue, contraire à sa nature,
s'attache aussitôt à n'importe quel homme,
par qui elle se laisse diriger et dominer,
parce qu'elle a besoin d'un maître. Est-
elle jeune? Elle prend un amant. Vieille?
Un confesseur! » Boutade expressive d'un
philosophe parvenu au soir de la vie, et
qui trop souvent à son aurore oublia,
parmi les longues tresses dénouées, combien courtes pouvaient être les idées de
celles à qui leur beauté servait alors de
suffisante excuse!

Mon Dieu, oui, il est vrai, il est exact
qu'aucune Femme n'a fait la *Sixtine*, ni
le *Tombeau des Médicis*, ni les *Disciples*
d'*Emmaüs*, non plus qu'*Othello* ou

Phèdre, ni la *Neuvième Symphonie*, ni quoi que ce soit qui approche ces inégalables témoignages de virilité créatrice. Sur ces hauteurs, sacrées par le génie mâle, flotte une atmosphère irrespirable à de certains poumons ; et comme il est peu d'intelligences pour embrasser dans leur plénitude l'intime signification de ces chefs-d'œuvre, on en trouve moins encore pour leur susciter des équivalents. Par définition, et, si j'ose dire, par constitution mentale, la femme incline à s'adapter, à se plier aux influences : pareille à la liane qui s'enroule autour de l'arbre dont elle partage le destin, elle épouse la forme de qui elle aime, ou de qui elle admire. A voir s'avancer sous nos yeux un couple d'amants, nous discernons par la seule inclinaison des corps, qui des deux est le plus touché. Et ce n'est pas simple signe d'élection amoureuse, mais le mieux accusé des symboles féminins.

Cette règle pourtant comporte des exceptions, et l'on trouverait, dans l'histoire de la pensée contemporaine, tel exemple de femme, quand ce ne serait que Mme Ackermann, pour donner un démenti à l'aphorisme de Schopenhauer. Nous pouvons même le chercher encore plus près de nous. Quand les soins pieux et le culte passionné du docteur Christomanos révélèrent à l'élite européenne le fruit des méditations où s'était appliquée son impériale élève Élisabeth d'Autriche, notre plus vive surprise fut qu'une femme eût pu penser *par elle-même* avec cette énergie ; que les images du monde se fussent réfléchies en un miroir si puissant, et que ni le tour ni l'accent de ses pensées n'évoquassent la discipline d'un maître déterminé. Chose merveilleuse au premier abord, faut-il le dire ? surtout chez une personne qui s'était délibérément soumise à la plus intense culture ! On connaît la variété de ses lectures, la fréquence de ses méditations, poursuivies dans la solitude de toute l'obstination d'une volonté qui s'attache à l'Idéal le plus précieux comme le plus difficilement conciliable avec le rang suprême où la Fortune l'éleva. Comme si elle avait voulu s'excuser par avance de laisser un testament durable de sa pensée — peut-être soupçonnait-elle que son lecteur en deviendrait un jour l'historien ? — l'Impératrice avait pris soin de marquer les limites précises où il lui semblait que dût s'astreindre l'activité fémine : « Moins les femmes apprennent, plus elles ont de prix. Ce qu'elles apprennent ne fait à vrai dire que les égarer: elles désapprennent une partie d'elles-mêmes pour s'approprier imparfaitement de la grammaire et de la logique... Et pour aider les hommes dans leurs affaires, elles ne doivent pas leur souffler des conseils ou des pensées, mais par leur seul contact éveiller et faire mûrir chez eux des idées et des résolutions. »

C'était presque dénier à son sexe toute aptitude aux grands premiers rôles, prétendre le maintenir dans les emplois subalternes. Pourtant nulle femme n'a plus pensé par elle-même. C'est que les leçons de l'expérience et les épreuves de la vie l'avaient marquée d'une de ces empreintes auprès de quoi pâlissent toutes les influences littéraires, si chères soient-elles à un cœur ! Et nous savons la vivacité de ses admirations. La statue du poète Henri Heine, que son expresse volonté avait dressée auprès des héros de l'Achilléion, et qu'une grossièreté toute tudesque fit enlever récemment par le nouveau possesseur, nous était le meilleur témoignage d'un culte qui pourtant, à la différence de tant d'autres, n'opprima jamais sa personnalité. Pareillement verrons-nous, chez nos jeunes auteurs d'aujourd'hui, plus d'un exemple de sensation directe traduite et

transposée en originalité créatrice : c'est
la raison de cette étude, où l'on chercherait bien moins justement un ensemble
de critiques littéraires qu'un essai en vue
de dégager l'accent des figures qui nous
présentent le plus vif relief. On y trouvera
omises, et cela volontairement, des parties
entières de leur œuvre, qui pourtant ne
sont pas négligeables, mais ne nous
eussent été d'aucune aide pour le but que
nous poursuivons.....

Elle apparaît toujours un peu délicate,
fausse en quelque façon, l'attitude du sexe
fort en face de la femme-auteur. Confrère
et rival, il se résigne malaisément à ce
que soit constatée telle supériorité qui lui
prépare la plus cruelle blessure d'amour-
propre, la plus douloureuse humiliation
d'orgueil. Est-il besoin d'observer que
l'élite de *celles* qui possèdent un don est
infiniment supérieure à la moyenne de
ceux qui, tenant une plume, n'ont pour

écrire d'autres motifs valables que l'obligation de gagner leur vie ou la satisfaction légèrement puérile de la vanité ? D'où l'âpreté de jalousies n'attendant qu'une occasion de se solidariser ? Victor Hugo le notait avec un sens aigu des réalités : « Les haines politiques désarment, les haines littéraires jamais. » On le vit bien dans une circonstance mémorable, qui n'est pas éloignée de nous : Quand une distinction officielle fut proposée pour reconnaître le mérite d'un des plus rares talents féminins de ce temps, ce fut un déchaînement, une sorte d'agression sauvage, où collaborèrent les plus basses plumes du Journalisme, faite pour donner une singulière idée de la légendaire chevalerie française : véritable coup de pied d'âne, à double titre faut-il dire, par l'élégance dont il fut administré, et par la qualité littéraire de ceux qui le donnèrent.

Plus délicate encore, plus fausse assu-
rément, en face de la Femme-auteur,
l'attitude de l'homme, s'il est son mari
ou son amant. C'est là qu'une fois de plus
nous observons le danger de toute interversion des lois de la Nature, laquelle
requiert implacablement la supériorité du
mâle. Une sorte d'habitude ancestrale,
remontant aux époques les plus reculées,
nous fait voir dans l'élément viril le tradi-
tionnel symbole de toute vigueur, physique
et intellectuelle, si bien que notre sentiment de l'ordre se trouve froissé par la
moindre indication opposée. Il n'y a rien
à faire là contre, et si l'on veut une image
physique, il suffit de se rappeler l'invincible sourire qu'amène aux lèvres la vue
d'un petit homme, levant les yeux vers sa
compagne qui le dépasse de toute la hau-
teur de la tête. Dans l'ordre intellectuel il
en va de même : on ne peut effacer de son
souvenir l'image du pauvre M. Geoffrin,

mari de cette illustre présidente de la
société des Gens de lettres au dix-huitième
siècle, dont Sainte-Beuve rapporte cette
anecdote : Un jour, un étranger demanda
à Mme Geoffrin ce qu'était devenu ce vieux
Monsieur qui assistait autrefois réguliè-
rement aux dîners, et qu'on ne voyait
plus : — « C'était mon mari, fit-elle, il
est mort » ! — Faisons la part du trait qui
exagère presque nécessairement ces sortes
d'aventures : celle-là n'en demeure pas
moins expressive, et tous les maris de
femmes-auteurs y pourront méditer. C'est
une attitude insoutenable, un rôle que nul
acteur social ne devrait accepter, celui de
mari effacé d'une femme dont les journaux
habituellement impriment le nom. Mon-
treur d'objet rare, sorte de prince-époux
qui accompagne un phénomène, on est
toujours tenté de placer dans sa bouche
le drôlatique et peu respectueux jeu de
mots dont notre moquerie française tendait

à ridiculiser l'attitude du prince Albert, au temps du Second Empire : — « Je suis les talons de la Reine ! »

On trouvera dans ces pages une entière liberté d'esprit et la plus complète indépendance de jugement ; pour tout dire, rien de cette galanterie à la française, qui régit les habituels rapports des deux sexes dans l'attitude de l'homme à l'égard de la femme, et qui risque de fausser, ou du moins d'atténuer la valeur d'un jugement. J'aurai pu me tromper. Je me serai certainement plus d'une fois trompé, car nul d'entre nous n'est à l'abri de l'erreur, surtout en des matières où le goût personnel tient une telle place et représente un élément déformateur propre à celui qui écrit. Mais on ne rencontrera pas un trait qui ait été dicté par un mouvement de passion, de ceux que l'on aiguise moins en faveur de M. X... que contre M. Y... Car il existe deux façons — je l'ai montré autre part (1) — d'être agréable à qui l'on commente. Et la première, c'est celle qui consiste à le vanter tout uniment. Mais la seconde, de beaucoup la plus raffinée et la plus efficace, c'est de dénigrer ou simplement d'omettre un rival.

Je n'ai jamais aimé les petites chapelles, coteries littéraires, ou de quelque nom qu'on les nomme, et puis me rendre cette justice de n'avoir pas tenté une démarche en vue de participer aux bénéfices du groupement. Non que je méconnaisse — il faudrait être aveugle — les incomparables avantages de ces secrètes associations, de cette franc-maçonnerie où le premier article des statuts consiste en un engagement tacite de mutuel agenouillement. On les rencontre dans tous les efforts où trouve son application le symbole expressif de l'aveugle et du paralytique,... dans la Peinture, où tant de réputations furent

(1) Cf. notre *Roman de la Comédienne.*

édifiées que le Temps s'est déjà chargé de remettre à leur place ; dans la Musique, où d'ingénieux assimilateurs, munis d'une technique savante, furent baptisés les continuateurs de Beethoven... mais dans la Littérature surtout, qui demeure notre art national. Combien parmi nous, de ceux qui ont un nom, un petit nom littéraire, ne le doivent qu'à la puissance de leurs relations — vigoureux cheval de renfort qui hissa leur œuvre au sommet de la côte... leur œuvre, fardeau lourd de poids, mais léger de valeur, qui, faute d'un tel appui, fût demeurée aux régions inférieures Mais voilà, on ne refait pas son tempérament, et pas plus qu'on ne saurait ajouter un centimètre à sa taille, une échine vraiment droite ne se plie aux voussures de certaines portes. J'ajouterai que, lorsqu'une coterie littéraire a pour point central et foyer de rayonnement un jeune astre féminin qui monte à l'horizon, il devient plus délicat encore d'y prendre place.

Il me faut donc déclarer ici que je ne connais à aucun titre, sinon à titre littéraire, les femmes-auteurs qui font l'objet de cet Essai. Jamais avec aucune d'elles je n'ai même fait ce banal échange de cartons par où l'on remercie de l'envoi d'un livre ou d'un article. Si la première page des Magazines illustrés ne nous avait abondamment renseignés, en des dimensions qui s'imposent à la vue, sur leur personnalité physique, j'ignorerais jusqu'à la forme de leurs traits, au point de ne pouvoir les identifier, sur le devant d'une loge à une première représentation, ou dans la cohue mondaine d'un vernissage. Ce sont là, on voudra bien le reconnaître, les meilleures garanties extérieures pour les juger littérairement. A leur égard, et dans toute la force du terme, j'ai mis en application le principe d'hygiène morale que je recommandais dans une de mes Chroniques de Théâtre : « Un bon critique ne doit jamais dîner hors de chez lui. »

MADAME DE NOAILLES

I

MADAME DE NOAILLES

On sait la force des arguments par lesquels l'Empereur Napoléon justifiait l'Adoption : le contrat artificiel, créé par une volonté qui tente de suppléer aux insuffisances de la Nature, est conçu à l'imitation de la Nature elle-même. Mais qui n'en pressent les défaillances ? Il n'est jamais qu'une doublure : il peut se substituer dans certains cas à l'ordre naturel... il ne le remplace jamais. Et de même qu'à certains traits moraux s'affirmant soudain chez l'enfant, le père adoptif prend conscience de l'abîme qui les sépare, nous tous qui sommes de pure tradition française, pouvons discerner chez cette Française d'adoption des éléments inassimilables.

Ravivons des souvenirs : images enregistrées dans notre mémoire, si peu que soit vivace en nous l'impression des physionomies observées. Combien de fois est-il arrivé, pénétrant dans un salon, dans une salle de concert ou de spectacle, ou tel autre lieu public, que nos yeux s'arrêtent à une figure expressive, d'autant plus expressive qu'elle est plus différente de ce qu'ils sont accoutumés à fixer. Est-ce la couleur des yeux, le galbe du visage, certains contours de physionomie qui soudain nous viennent avertir ? De tout cela sans doute il y a quelque chose, mais quelque autre chose encore, que nous ne pouvons exactement préciser : le *quid proprium* d'où naît aussitôt l'intuition, équivalente à une certitude : cette créature vivante

ordonne ses sensations suivant une méthode qui n'est pas la nôtre ; elle subit
des réactions que nous ne saurions partager et pareillement il est en nous toute
une région de l'âme qui à jamais lui de-
meurera impénetrable. Gardons-nous de
nous abandonner au charme dangereux de
cette étrangeté : c'est le chant de la Sirène
qui perd celui qui s'y arrête. Être différent,
voilà une raison suffisante de fixer l'attention. Oublierons-nous pour cela la logique
expressive des mots : Étrange... Étranger...
syllabes qui se superposent exactement.
Dégageons aussitôt des conséquences qui
s'imposent d'elles-mêmes.

 Il faut être logique en tout : comment la
seule investiture d'un nom illustre, fût-il
le plus français d'ailleurs par atavisme et
par tradition, atteindrait-elle à supprimer
vingt années de culture antérieure, où les
images de notre pays ne se réfléchirent
qu'assez indirectement ? L'auteur n'en fai-

sait-il pas comme un aveu dépouillé d'artifice, le jour où il dédiait un de ses romans : « *Aux jeunes écrivains de France...* à ceux, ajoutait-il, dont la sympathie m'a chaque jour dans mon travail aidé... » N'a-t-il pas fait mieux encore, en allant plus loin et plus profondément que les hommes ? N'a-t-il pas voulu se rattacher à la terre elle-même, quand il dédiait son premier volume de poèmes : « *Aux paysages de l'Ile de France*, ardents et limpides, pour qu'ils le protègent de leurs ombrages. » Le geste est élégant, le mouvement plein de grâce, en tout digne du sexe qui d'instinct sait trouver les attitudes et camper son personnage. Et je ne doute pas que cet appui ait été réel. Pourtant je me plais à y voir plus encore : un jalon pour l'avenir. Flatterie et caresse de la femme qui reparaît sous l'auteur, qui sait comme avec chacun il convient de s'y prendre, et que nous avons toujours,

sur notre douce terre de France, les bras
ouverts pour accueillir ceux qui nous viennent de loin. Il faudrait ne rien connaître
des vingt dernières années de notre histoire
littéraire, pour ignorer que les meilleurs
ouvrages signés de noms français furent
sacrifiés de parti pris aux productions
étrangères. Publier un livre sous le
patronage des confrères de sa génération,
quand on est femme et de naissance
étrangère, c'est s'assurer un double titre
à la bienveillance d'un accueil qui, sans
ces circonstances, eût pu rencontrer plus
de froideur.

C'est peu d'avancer que Mme de Noailles,
en dépit de son nom français, fait à nos
yeux figure d'étrangère : elle est encore
une cosmopolite, puisque ses goûts et ses
premières expériences nous révèlent une
formation où les images enregistrées viennent se combattre, en se confrontant les
unes aux autres. Tout écrivain fortement

raciné se manifeste tel dès le premier
abord, et ses héros ont un accent par où
se révèle la saveur du terroir : vérité tellement frappante que l'on rougirait d'y
insister, elle nous permet d'embrasser
d'autant mieux le point de vue contraire.
Spontanément viennent s'offrir à nous deux
images : celle de l'auteur qui jamais n'aban-
donna le sol natal, ou du moins ne lui fit
infidélité que pour lui revenir ensuite, plus
tendre, plus passionné, comme ces amants
qui dans les bras d'une autre ne vont chercher qu'un prétexte à mieux aviver les
traits de celle que par-dessus tout ils
chérissent. Pour certaines natures bizar-
rement organisées, ou seulement plus
compliquées que le commun des mortels,
l'infidélité en amour n'est qu'un moyen
de contrôle qui, par différence, permet de
préciser la valeur de ses sensations. C'est
le voyage sentimental, où les aspects sans
cesse se renouvellent et nous confirment

dans le choix fait antérieurement. De tels
déplacements demeurent à jamais incom-
préhensibles aux véritables fidèles et aux
vrais racinés. Le clavier de leurs sensations
sans doute n'a qu'une faible étendue, mais
elles gagnent en intensité, en profondeur,
ce qui leur manque pour la diversité, et
surtout leur sincérité s'affirme d'un accent
qui ne trompe pas. Faut-il citer des noms?
Celui de Mistral s'imposera comme le plus
expressif. Puis voici qu'en face d'eux
viennent s'offrir les représentants du type
adverse : bataillon serré de ceux qui dis-
persèrent leur sensibilité aux quatre coins
du monde, pour y chercher les rehauts
d'émotion que ne suffit point à leur dé-
partir la vigueur de leur tempérament :
c'est le thème initial, le *motif* que va
quêter le peintre, déplaçant son chevalet à
travers les multiples sites de nature, quand
le véritable sujet est en lui, s'il veut bien
réfléchir que les plus grands maîtres du

paysage ne firent que transfigurer de mo-
destes aspects par la puissance de leur
vision.

Cosmopolitisme !... ce sera donc, le plus
souvent, besoin de sortir de soi-même,
pour chercher l'excitant nécessaire à la
production, de suppléer aux défaillances
d'un tempérament qui ne saurait, par sa
seule vigueur, étreindre son sujet : à une
époque où l'originalité véritable tend à se
faire de plus en plus rare, quelle meilleure
marque de plasticité littéraire ? Nul doute
qu'il faille attribuer à cette double cause :
origine étrangère et cosmopolitisme, la
plasticité de notre auteur. Singulière faculté, commune à tant de femmes, chez
celle-ci poussée à un point que l'on rencon-
trerait difficilement ailleurs, de se plier
aux influences, je ne dis pas de les sup-
porter, mais de les accepter, de les quêter,
comme un fardeau voulu, attendu, désiré.
Chasseresse littéraire, elle est au centre

d'un carrefour, et de tous côtés hume les senteurs de la forêt. Tout aussitôt elle prend une piste, puis revient sur elle-même, car elle aurait peur de perdre quelque avantage à s'engager trop avant. Seule la différence de structure mentale pourra nous donner la solution d'une énigme qui n'est qu'apparente. L'homme, quand il imite, demeure presque toujours conscient, ou du moins se reprend assez vite, si pour quelques minutes il s'est abandonné. Imiter, c'est subir. Donc il subit, mais parfois se révolte contre cette soumission. Sentant passer dans sa phrase la cadence d'un maître qui fut trop chère à son oreille,, il éprouve un scrupule et se rejette en arrière, tel un cheval qui veut se débarrasser du fardeau. La femme sourit de cette sujétion : c'est une caresse nouvelle qu'elle reçoit. Elle lui rappelle sa vraie fonction et sa destinée qu'un instant elle oublia, quand elle prit en main cet emblème

viril : la plume de l'écrivain. Comme elle
sait plier son être physique aux caprices
de celui qu'elle aime, elle adapte son art
à la manière de celui qu'elle admire.

J'ai connu la sœur d'un poète, qu'il est
préférable de ne pas nommer, car cette
omission permettra à plusieurs de se retrouver en son exemple : elle ne le quittait
presque jamais et l'accompagnait dans
ses démarches extérieures ; ses yeux tendres et voilés, constamment fixés sur lui,
disaient l'admiration, le dévouement du
chien fidèle, et seuls faisaient écho à sa
parole, car elle eût craint d'affaiblir d'un
seul mot ce qu'elle jugeait définitif, étant
tombé de ses lèvres à lui. Eh bien, la femme
écrivain, c'est trop souvent la sœur de ce
poète... seulement une sœur qui entend
ne pas garder le silence et par instants
commente, en l'affaiblissant, la parole du
maître. Un philosophe, prévenu sans doute
par excès de misanthropie, mais auquel

un perpétuel repliement sur lui-même
suscita d'étranges lueurs, n'a pas craint
de formuler cette loi primordiale de psychologie amoureuse : « La Femme veut
être prise, acceptée comme propriété.
Elle veut se fondre dans l'idée de propriété, de possession. Aussi désire-t-elle
quelqu'un qui prend, qui ne se donne et
ne s'abandonne pas lui-même, qui, au contraire, veut et doit enrichir son moi par
une adjonction de force, de bonheur et de
foi. La Femme se donne, l'Homme prend. »
Nietzsche restreignait son jugement à la
femme amoureuse. Mais ne faut-il pas
admettre l'unité de constitution mentale ?
Possédée par son amant comme femme,
comme écrivain la voici qui veut être prise
encore par ses maîtres.

D'où la série des influences, visibles
comme à travers une glace, pour les yeux
les moins prévenus. Et c'est d'abord le
faisceau des traits romantiques, autour

desquels viendront se grouper tous les
autres. Comme en un carquois bien garni
les plus fortes flèches et les mieux bar-
belées sont assemblées l'une près de
l'autre, ainsi de ces traits littéraires qui
doivent porter au cœur de notre admiration, mais sans doute, pour ce qu'ils
furent déjà émoussés par l'usage, iront en
nous moins profondément.

Comment imaginer un faisceau plus
serré d'influences que celles qui présidè-
rent à la conception d'Antoine Arnault,
le héros de la *Domination*? Quelles images
atteindraient à nous faire sentir, toucher
du doigt la formation de cette sensibilité
artificielle où viennent converger comme
en un prisme toutes les nuances du
Romantisme et des disciples du Romantisme! Il faut bien situer ses personnages,
et lorsqu'on écrit un roman contemporain,
leur donner une affabulation répondant
au thème choisi: Antoine Arnault sera

donc un moderne homme de lettres, et,
n'en doutons pas, un homme de lettres
parisien, qui court les risques de la fortune littéraire, mais quand même se présente à nos yeux revêtu de la défroque
illustre des Manfred et des René. Pour-
suivant comme but unique le frémisse-
ment de son être sensible et ces secousses
de la machine nerveuse que seule l'exaltation peut donner, c'est par la série des
expériences amoureuses qu'il confronte
son âme à la réalité, car, après vingt
aventures similaires, s'il paraît un instant
se fixer aux passionnées étreintes de
Donna Marie, ce n'est que trompeuse
apparence, et pour, dans le même instant,
faire retour aux ardeurs dévoratrices de
la Bacchante Émilie. Lorsqu'il pense avoir
enfin trouvé l'objet inatteignable où fixer
ses désirs, cette Élisabeth qui ne peut
être à lui, sur quel ton affolé de lyrisme,
nous l'entendons qui fait son invocation

aux demi-dieux du Romantisme : « Que me font les barques de Venise, dont les couteaux d'argent me fendaient le cœur ! Que me fait Lara ou le Corsaire, ou cette belle sultane Missouf qui, dans un conte de Voltaire, quelque soir me parut si voluptueuse ! Mon amie, que le Rhin coule en noyant l'anneau de Wagner, que sur le tombeau de René la tempête recouvre à jamais les gémissements d'Atala, que le balcon de Vérone s'abîme et disparaisse avec l'alouette et l'échelle de soie, que m'importe, si je puis, avec vous, dans un caveau secret, vivre et mourir ! »

Morceau d'exécution savante, qui le niera ?... d'un disciple qui sait la musique du Romantisme pour l'avoir étudiée chez les maîtres — car vous retrouvez ici les meilleures cadences de Chateaubriand — mais où nous ne discernons que trop l'artifice littéraire et cette accumulation d'images qui, par l'abus qu'on en fit,

prennent le galbe et la patine légèrement
défraîchie des sujets de pendule ! Je vou
drais ici ne contrister personne, car une
critique indépendante n'est pas nécessairement une critique de combat, et telle
allure agressive par où l'on pense affirmer qu'on est libre de toute attache avec
les puissances du jour, peut faire scup-
çonner des dépendances d'un autre genre.
Il faut donc se défier des extrêmes et
dire simplement : voici un document incomparable, tout débordant de naturel et
criant de vérité, sur la plasticité féminine. Est-elle pas saisissante et transparente — car toute âme de femme littéraire est transparente — cette préconception d'Antoine Arnault, qui tout d'un
trait déroule ses antécédents : Lara et le
Corsaire, son cher décor de Venise, Wagner et le Rhin, Vérone et le balcon de
Juliette ?... On n'a jamais mieux cité ses
auteurs, accumulé tant de références,

dévoilé les sources d'un idéal que l'on voudrait faire sien par adaptation. Sentir ! toujours sentir ! Épuiser la coupe des sensations ! Tel est le secret de la vie romantique... tel aussi le secret de l'âme d'Antoine Arnault.

Si pourtant nous examinons de près la biographie des personnages qui ont fait figure dans l'histoire littéraire, et par l'élan de leurs appétitions créé l'état d'esprit romantique, il nous est aisé de discerner le point où le Rêve se sépare de la Réalité, la limite où le héros imaginaire cesse de se confondre avec le prototype vivant dont il reçut l'être. Qu'on veuille bien s'arrêter un instant aux plus expressives figures : un Chateaubriand, un Byron, à celui qui le plus désespérément tendit à vivre son rêve, ce Berlioz sans équivalent comme type représentatif : si leur front se confond avec les nuages du ciel, leurs pieds reposent sur la terre et se

meurtrissent aux pierres du chemin. D'où
la valeur unique de ces documents : Lettres
et Mémoires, qui précisent leurs agitations par refus d'accepter les dures conditions de la vie . Telle est la part concrète
du héros, et que nous touchons du doigt,
par où il nous devient un contemporain
et un frère : Mme de Noailles l'a délibérément rejetée ; elle s'est placée en dehors
de la réalité. Dirait-on pas que, pour situer
son personnage, elle se complaît à ordonner des faits contraires à la vraisemblance.
Je sais bien ce qu'elle tend à prouver :
qu'Antoine Arnault est un désabusé, re-
venu de tout. Mais quand même, nous
admettons difficilement cette destinée qui
« connaît toutes les agitations de la poli-
tique et du succès ». Nous repoussons ce
qu'il entre d'abstrait, par conséquent d'in-
vraisemblable dans la fortune d'un auteur
qui fait jouer une pièce dont l'effet immé-
diat est de « provoquer un élan d'amour dans

sa ville » — nous savons trop par expérience que les choses ne se passent pas ainsi — et pour qui « tous les soirs les planches poudreuses de la scène furent comme un profond divan où il posséda le cœur blessé, le cœur traîné des nerveuses spectatrices ». Reportons-nous aux documents romantiques... Quel abîme entre le rêve et la réalité ! Pourtant, c'est la réalité qu'entend nous dépeindre l'auteur. Qui donc hésiterait à en contester l'artifice ?

Mais nous avons mieux encore, aveu plus catégorique du disciple qui met ses pas dans les pas de ses maîtres, et, s'il se peut dire, proclame son acte de foi. Plus encore que dans la préconception d'Antoine Arnault, sa position dans la vie, son absence complète de lien avec la réalité, ce qu'il y a d'abstrait en lui et qui tient au grossissement des faits par où l'auteur le caractérise, nous avons la marque romantique dans cette exaspération de la sensa-

tion qui crée l'amertume dans la volupté.
Lorsque, à la suite d'une longue sépara-
tion, Donna Marie revoit Antoine et s'attache à lui « avec les grands mouvements
de l'être, » écoutez ses accents : « Vous
êtes mon jardin refleuri, ma maison re-
trouvée, ma volupté vivante ; vous êtes ma
tristesse et ma bouche. Je vous ai ! Ah ! je
vous ai ! Non pour ma vie, non pour toujours, mais pour une heure, mais pour une
nuit ! Cela suffit. Une nuit pour que je
saccage mon rêve ! Une nuit pour me gor-
ger, pour me lasser de vous ! pour que
meure en moi jusqu'à la racine de ce désir.
Une nuit pour te voir comme tu es, faible,
pâli, vieilli, ô mon amour, ô dieu terrible
de mon souvenir ! Ah ! reviens pour que je
te goûte encore, et que, délivrée enfin, je
puisse dire : J'ai revu Antoine Arnault, il
n'est plus comme autrefois. Sainte-Marie,
je vous adore et je vous loue : il n'est plus
comme autrefois. »

Brièveté de la sensation amoureuse...
Fugacité du bonheur... amertume dans la
volupté... Cœur qui se brise et se complaît
aux pointes où il vient se meurtrir... Joi-
gnez-y l'ardeur de destruction, la rage
d'anéantissement qui toujours accompagne
les extrêmes de la volupté sensuelle... vous
les reconnaissez ces thèmes fameux, dont
les variations firent la renommée littéraire
des Romantiques, depuis Chateaubriand
jusqu'à notre moderne Barrès. Merveilleuse élève en vérité, disciple fidèle, cette
étrangère, cette cosmopolite devenue Française par adoption et par adaptation ! Elle
n'a qu'un tort : c'est de ne pas disposer
assez de mystère autour de ses emprunts.
Mais serait-elle femme, s'il en était autrement ? Mme de Noailles ignore le grand
art du clair-obscur et ses magiques effets.
Tout cela est trop en lumière, trop évident,
trop manifeste pour des yeux non prévenus. Une des premières fois qu'il fut

donné, cet accent d'amertume, ce cri de meurtrissure dans la volupté, ce fut par le père de René, et l'on sait la fortune que depuis lors il fit par le monde. Mais ce n'est pas user, c'est abuser, c'est pousser jusqu'à l'indiscrétion, que nous offrir une paraphrase aussi transparente du célèbre morceau où Atala mourante s'écrie : « Tantôt j'aurais voulu être avec toi la seule créature vivante sur la terre. Tantôt, sentant une divinité qui m'arrêtait dans nos horribles transports, j'aurais désiré que cette Divinité se fût anéantie, pourvu que, serrée dans tes bras, j'eusse roulé d'abîme en abîme, avec les débris de Dieu et du monde ! »

Ce n'est point assez pourtant d'avoir fait sa soumission aux demi-dieux du Romantisme : Que, par les soins attentifs de l'auteur, Antoine Arnault, ce moderne homme de lettres parisien, soit revêtu de la défroque illustre des Manfred et des

René, que la passionnée Donna Marie pousse son invocation aux puissances destructrices qu'enferme l'instinct d'amour, tel que l'imaginait le père d'Atala, c'est seulement hommage aux grands ancêtres qui inventèrent une forme nouvelle de sensibilité littéraire. Mais comme on est toujours le fils de quelqu'un, on a toujours aussi ses héritiers. Chateaubriand, comme Byron, en eut d'illustres, et Mme de Noailles, après s'être agenouillée dans la partie centrale du temple, continue son action de grâces dans les chapelles latérales. Connaissant ses auteurs autant et mieux qu'écrivain de France, elle se souvient à propos qu'en un morceau de critique fameux : *l'École Païenne*, poussé par cet instinct de mystification qui se trouvait à la racine de son génie, Baudelaire jeta l'anathème au dieu Pan. Elle lui fera donc, elle, son invocation, car de même que la haine est encore une forme de l'amour, la contradiction peut aussi bien être une forme de l'imitation, et n'est-ce pas brillante attitude pour une jeune romancière, belle et nerveuse cambrure de reins, qui impressionnera la galerie, d'exalter une puissance que Baudelaire, le satanique Baudelaire, si énergiquement ravala aux régions inférieures : « Tous les poètes, et, mon cher Pan, il est beaucoup de poètes, t'attendent dans les jardins : ne les crois pas, lorsqu'ils se pensent mystiques et convertis aux religions de Judée. S'ils disent que leur âme est altérée de mystère, c'est parce qu'ils te cherchent et qu'ils ne t'ont point trouvée. Ah ! qu'un matin de Pâques, quand sur les villes chrétiennes les cloches chanteront, vaines poupées de métal, la forêt enfin se ranime ! Que l'aulne entende revenir sa nymphe aux jambes mouillées ! Que les bergers s'élancent ! Que le bouc et la biche resplendissent au soleil, et que, plus haut que les

cloches d'argent sur la ville, tout le feuillage chante : Pan est ressuscité ! »

Pour avoir longuement médité l'œuvre
de ses devanciers, Mme de Noailles sait
la place qu'y tient cette conception particulière de l'amour fondée sur le culte de
la sensation exclusive, absorbante et asser-
vissante. Comment ignorerait-elle qu'une
telle conception fît le succès d'un d'Annunzio, condensant pour des effets identiques cette sécheresse d'âme et ce cruélisme
donjuanesque qui circulent, comme des
thèmes animateurs, à travers l'ensemble
de ses romans ? Les mauvaises langues
pourront affirmer que, de tous les traits
où s'accuse la plasticité de notre auteur,
celui-là fut le plus spontané, et que Donna
Marie, c'est le miroir fidèle où vient se
réfléchir l'image de la romancière elle-
même. Nous n'en voulons rien savoir, ou
plutôt nous nous interdisons d'en rien
rechercher. Mais quelle surprise tout

d'abord, à laquelle il faudra bien nous accoutumer, de voir une femme, de riche et intense culture, faire tenir l'amour dans ce culte de la sensation exclusive, dans cette sorte de fatalité qui réduit tout au geste de l'instinct et n'hésite pas à généraliser avec cette rigueur. « Les femmes, toutes les femmes n'ont-elles point de tendres corps qui se penchent et avancent, tendues vers les mains des hommes ? Les doigts se touchent, les genoux se touchent : tout un être attire l'autre être, et dans la saison chaude, les femmes tristes ou légères ne tombent-elles point, comme les fruits las sur la prairie ? »

Il y a là, on le voit, plus qu'un cas individuel.... une véritable profession de foi en amour. Telle Donna Marie qui, la première, glissa aux bras d'Antoine Arnault, excuse et doit excuser sa suivante Émilie de s'abandonner à ses étreintes. Sont-elles pas commandées toutes deux par la rigueur

de l'instinct ? Nous avons parlé du cruélisme d'annunzien : le voici qui se fait
jour à travers les complications sentimentales dont il faut bien rehausser ces
détentes instinctives. Quand la bacchante
Émilie alterne, avec Donna Marie sa maî-
tresse, dans les bras d'Antoine Arnault,
à l'heure de l'abandon, ses yeux « ont le
luisant du scarabée », ses cils « le velu de
la bête des champs » ; elle a « la lueur de
l'insecte que l'instinct enflamme et signale
au mâle dans la sombre forêt ». Sentez-
vous pas la plume descriptive qui poursuit
avec amour la réalisation voluptueuse et
l'image qui donnera satisfaction à sa veine ?
On s'explique, sans plus abondants com-
mentaires, que le poète, le romancier, le
dramaturge Antoine Arnault se dégoûte
assez vite de cette bacchante, qui se préci-
pite au-devant de son désir, car les hommes
les plus exigeants ont quelque répugnance
à constater chez la femme des servitudes

correspondantes. On conçoit qu'Antoine
Arnault n'espère plus de plaisir, pas
même de réelle distraction de sa Sultane-
servante. Pourtant il la gardera, car...
« Donna Marie le saura-t-elle ? Donna
Marie souffrira-t-elle ? »... tel est le point
important. C'est la seule complication
sentimentale, le seul conflit à dégager de
la situation : le raffinement dans l'amour
qui torture, qui s'ingénie à torturer celle
qu'il aime. Mme de Noailles développe une
fois de plus un thème où s'exerça avec sura-
bondance le cruélisme d'annunzien. En
vérité, n'avais-je pas raison de l'écrire ?...
si l'on écarte la préconception romantique
d'Antoine Arnault et les traits essentiels
du héros qui furent empruntés à Manfred,
à René, c'est du Sperelli, c'est de l'Effrena
de d'Annunzio qu'il tire cette sécheresse
d'âme, ce cruélisme, ce culte de la sensation exclusive qui va jusqu'au sadisme
imaginatif, aboutissement logique, il en

faut convenir, puisque ces divers éléments composent l'unité d'une âme et sont entre eux dans un rapport nécessaire de cause à effet.

Comment s'étonner, après tout, de cette prédominance, de cet exclusivisme de la sensation, devenue à tel point absorbante qu'elle constitue le fond, l'âme même des personnages de Mme de Noailles? Que dis-je ! Loin de nous en montrer surpris, nous allons en dégager des conséquences favorables à l'auteur : nous y trouverons sa réelle originalité. Si pleins d'artifice qu'ils apparaissent, ces personnages d'Antoine Arnault, de Donna Marie, d'Émilie, et dans leur conception et dans le choix des épisodes par où ils se manifestent, si marqués que nous les ayons vus de Romantisme voulu, nous allons pouvoir toucher du doigt le lien ombilical qui les rattache à Mme de Noailles. Dès l'instant que l'on écarte l'hypothèse du devoir d'élève ou

du pastiche prémédité, il faut toujours
chercher un élément de sincérité dans
cette ouverture sur l'âme humaine qu'est
une page littéraire.... *Sincérité*, c'est-à-
dire aveu, confession, manifestation du
trait individuel qui échappe à la conscience.
Car, ne l'oublions pas, la sincérité est
d'autant plus réelle qu'elle est plus inconsciente ; on pourrait même soutenir qu'il n'y
a de vraie sincérité que celle qui est parfaitement inconsciente de sa valeur, et je
note, comme tout à fait digne qu'on s'y
arrête pour la méditer, à notre époque de
repliement et d'examen perpétuel, cette
observation de Carlyle : « Toujours la ca-
ractéristique d'une bonne réalisation est
une certaine spontanéité. Les gens bien
portants ne connaissent pas leur santé,
mais seulement les malades. De sorte que
le vieux précepte du critique, si dur qu'il
parût à son ambitieux disciple, pourrait
contenir une vérité des plus fondamen-

tales, applicable à nous tous et dans beaucoup de choses autres que la littérature :
« Toutes les fois que vous avez écrit quelque
phrase qui paraît particulièrement excellente, prenez garde de l'effacer. »

Avec Thomas Carlyle, nous croyons à
la valeur de cette spontanéité, jour ouvert
sur une âme mise à nu. Eh bien, une sincérité, une spontanéité de cet ordre, nous
allons les trouver, et ne ferons nulle difficulté de les reconnaître chez celle que l'on
pouvait croire tout uniment composée
d'artifice littéraire. Qu'on n'aille pas les
chercher dans ses romans, où l'obligation
de créer des personnages crée la nécessité
correspondante d'ordonner des séries de
sensations en leur imprimant l'unité —
non point dans ses romans, mais dans
ses poèmes, et parmi ceux-ci, dans ceux
qui sont le plus proches de la sensation
initiale. Le voici donc ce lien, qui rattache
l'enfant à la mère. Attitude des person-

nages, style de l'auteur, et ce qu'il y a de tendu en lui, c'est bien influence romantique. Mais cette prédominance en eux de la sensation, pourquoi la chercher ailleurs qu'en Mme de Noailles, quand nous la voyons absorbante au point où nous la montrent certains de ses poèmes ?

Comment s'opère chez elle le contact avec la Nature ? Quelles réactions détermine la sensation initiale ? Lorsque nous nous trouvons en face d'un spectacle qui, pour une raison quelconque, suscite notre attention, le détail des objets qui le composent se fond presque toujours en une harmonieuse unité. Chez Mme de Noailles au contraire, les objets se présentent successivement avec tout le cortège des images qui peuvent impressionner la vue, l'ouïe, l'odorat. Je ne sais rien de plus curieux que cette pièce: *le Verger*, où vous suivrez leur succession :

Dans le jardin *sucré* d'œillets et d'aromates,
Lorsque l'aube a mouillé le serpolet touffu,
Et que les lourds frelons, suspendus aux tomates,
Chancellent, de rosée et de sève pourvus...

L'air chaud sera *laiteux*, sur toute la verdure,
Sur l'effort généreux et prudent des semis,
Sur la salade vive et le buis des bordures,
Sur la cosse qui *gonfle* et qui s'ouvre à demi.

Des brugnons roussiront, sur leurs feuilles, collées
Au mur où le soleil *s'écrase* chaudement;
La lumière emplira les étroites allées,
Sur qui l'ombre des fleurs est comme un vêtement.

J'ai souligné exprès ce qui est plus particulièrement expressif de la sensation
immédiate. En fait, c'est *tout* qu'il faudrait
souligner, car c'est l'ensemble qui donne
la vraie note de cette poésie. Quiconque a
connu et goûté le genre de sensation que
note ici Mme de Noailles, quiconque s'est
trouvé, par un brûlant après-midi d'été,
en face de ces objets qui, par le détail se
mirent en elle, peut observer la saisissante
exactitude du tableau qu'elle nous en pré-

sente. Mais qui donc serait habile à le présenter ainsi, s'il n'était doué, au préalable, de ce genre particulier de vision ? La voilà bien la *sincérité, sa* sincérité à elle. Sincérité et Don, termes égaux, réciproquement convertibles. On ne saurait imaginer plus exacte correspondance entre la réalité précise vue par de certains yeux et la sensation du poète qui fixe cette réalité. Tellement absorbante que l'art la transforme à peine ; il la fixe simplement, grâce à une intuition singulière de ses analogies, de ses correspondances avec les sens voisins. Cet autre petit tableau exquis : *Le Jardin et la Maison* donnera une idée exacte du talent de Mme de Noailles, de sa vraie sincérité, en face des spectacles de la Nature, que l'on ne peut s'empêcher d'opposer aux artifices littéraires constatés plus haut.

Voici l'heure où le pré, les arbres et les fleurs
Dans l'air dolent et doux *soupirent* leurs odeurs,

Les baies du lierre obscur où l'ombre se *recueille*,
Sentant venir le soir, se couchent dans leurs feuilles.
Le jet d'eau du jardin qui monte et redescend
Fait dans le bassin clair son bruit *rafraîchissant*.
La paisible maison *respire*, au jour qui baisse,
Les petits orangers fleurissants dans leurs caisses ;
Le feuillage qui *boit* les vapeurs de l'étang,
Lassé des feux du jour, s'apaise et se détend.
Peu à peu la maison entr'ouvre ses fenêtres,
Où tout le soir vivant et parfumé pénètre,
Et comme elle, penché sur l'horizon, mon cœur
S'emplit d'ombre, de paix, de rêve et de fraîcheur.

Pesez chaque mot, chaque groupe de mots, non seulement en lui-même, mais dans ses rapports avec le groupe voisin — puisque la beauté émane toujours d'un rapport — vous ne pourrez être qu'émerveillé de la perfection d'un tableau si mesuré, si éloigné du grossissement romantique, où toutes les sensations visuelles, olfactives, gustatives, s'appellent, se confondent, se pénètrent l'une l'autre, nous découvrant chez l'auteur un organisme merveilleusement approprié à ressentir comme à fixer ces correspondances dont Th. Gautier

et Baudelaire firent le credo de leur esthétique, si bien que Mme de Noailles a pu
très justement conclure dans son *Offrande
à la Nature* :

Nature au cœur profond, sur qui les cieux reposent,
Nul n'aura comme moi, si chaudement aimé
La lumière des jours et la douceur des choses,
L'eau luisante, et la Terre où la vie a germé.
La Forêt, les étangs, et la plaine féconde,
Ont plus touché mes yeux que les regards humains.
Je me suis appuyée à la beauté du Monde,
Et j'ai tenu l'odeur des saisons dans mes mains.
. . . .
Je vous tiens toute vive entre mes bras, Nature.
Ah ! faut-il que mes yeux s'emplissent d'ombre un jour
Et que j'aille au pays sans vent et sans verdure,
Que ne visitent pas la lumière et l'amour !

MADAME LUCIE DELARUE-MARDRUS

II

MADAME LUCIE DELARUE-MARDRUS

Parmi la pureté du matin triomphant,
Je vais, le souvenir encore si frais dans l'âme,
Du temps où je n'étais qu'un embryon de femme,
Qu'il me semble donner la main à quelque enfant.

L'herbe est froide à mes pieds comme de l'eau qui coule.
La mer au bord des prés vient chanter son bruit clair,
Et la falaise aussi déferle dans la mer,
De tout le terrain jaune et mou qui s'en éboule.

Les troupeaux, comme au long d'un poème latin,
Paissent avec des ronds de soleil sur leur croupe,
Et les oiseaux de mer ont abattu des groupes
Que chaque vague berce à son rythme incertain.

Et la prée, et les eaux également étales,
Sourient si bien à mes matineux errements,
Que je voudrais pouvoir entre mes bras normands,
Prendre en pleurant ma mer et ma terre natales...

..... Ainsi, d'un clair ressouvenir de ses premières émotions, de ses *enfances*, disaient nos pères, l'auteur *d'Occident*, dès les pages liminaires de son second recueil, rend témoignage à ses origines. Et ce n'est pas seulement, ce *Matin* normand, un frais tableau d'aube sur la mer, où ressuscitent à leur place les images qu'ordonna la Nature, c'est encore hommage ému d'une Française au sol natal d'où elle tira sa sève et sa vigueur.

> Tout ce coin de Nature en qui j'épancherais,
> Comme en l'asile offert de quelque sein de femme,
> Câlinement, les yeux fermés, toute mon âme,
> Si lourde de tristesse et de mauvais secrets.

C'est quelque chose de plus encore : hommage de la femme faite et qui maintenant connaît la vie, au petit être en formation qui se dédouble en elle, qui s'isole de sa personnalité présente, au point de lui sembler *une autre*, mais de qui cependant les premières impressions, reçues

sur cette matière malléable comme cire
chaude qu'est le cerveau d'une enfant, y
marquèrent le pli définitif qui doit persé-
vérer jusqu'à la mort. « L'enfance est la
vie d'une bête », s'écrie Bossuet quelque
part... Et l'on voit assez par là que le grand
orateur catholique n'a jamais rien su du
premier âge, habitué qu'il était à ordonner
ses gestes dans la compagnie des hommes
faits ; car si, du point de vue de la vie
consciente, un tel aphorisme se peut justifier à une époque aussi exclusivement
intellectuelle que notre dix-septième siècle
français, il serait sans excuse en un temps
où l'on a reconnu que la vie émotive cons-
tituait l'assise de toute formation. Mais en
vérité les poètes n'ont que faire des arguments des psychologues, quand ils possèdent l'intuition, don merveilleux plus
sûr que toute science, qui leur révèle ce
que l'observation leur viendra confirmer.
Il faudrait n'être aucunement poète, avoir

une âme dénuée de toute intuition poétique, pour ne pas attribuer à ces premières impressions une importance justement contraire à celle que leur reconnaissait l'éducateur du Dauphin. Et nous allons voir que l'auteur *d'Occident* possède une incontestable nature de poète.

Mme Lucie Delarue-Mardrus est donc une fille de la riche Normandie : circonstance qu'il faut se garder de négliger, puisque tel élément, d'apparence extérieur à l'être, par la suite devient cause efficiente et constitutive de sa personnalité. Combien cela est vrai et rigoureux, quand il s'agit de la Femme-auteur ! Ce n'est pas moi, non certes, ce n'est pas moi, qui viendrai m'inscrire en faux contre une doctrine qui, après avoir connu tant de faveur, tomba par la suite dans le plus injuste discrédit. Tout comme les renommées, les théories littéraires ont leurs destins alternés, et si elles disparaissent un temps, c'est pour ressusciter en-

suite, plus vivaces et mieux en faveur. Pour
n'avoir pas su nous rendre un compte exact
ou du moins suffisant, des éléments qui
composent le génie de ces hommes, véritables demi-dieux ayant dominé leur époque, on fut sévère à celle-ci au delà de
toute mesure : « Le Génie, s'écriait Barbey d'Aurevilly dans un élan lyrique.....
Mais ce qui fait le plus le génie, aux yeux
de ceux qui savent le comprendre, c'est
quand il réagit avec fierté contre sa race,
quand il se cogne contre son milieu, ou qu'il
le secoue autour de lui, comme le lion secoue sa crinière... c'est enfin quand il porte
le moins ou repousse le plus de ces influences fatales dont on voudrait le faire
sortir. »

Magnifique mouvement d'éloquence à la
française, chez cet autre Normand d'au-
thentique génie... plaidoyer *pro domo*...
défense personnelle où l'on retrouve l'accent
du vieux lion méconnu qui justement se-

coue sa crinière et sort encore les griffes qui marquèrent tant et de si profondes entailles ! Combien d'illustres exemples viennent réconforter sa doctrine! Aussi ne s'agit-il pas ici de Génie, mais d'un de ces talents précis et restreints dont, mieux que tout, les origines vont nous justifier la valeur autant que les limites ! Elles nous découvriront à la fois cette part de sincérité et d'artifice qui existe chez tant d'écrivains, chez la femme qui tient une plume, plus encore que chez l'homme ! Pourquoi plus d'artifice chez la femme ? objectera-t-on. C'est qu'il fait partie essentielle de sa constitution mentale, conséquence de cette plasticité dont nous avons étudié déjà un saisissant exemple.

Qui de nous, l'ayant une fois traversée, n'a conservé dans le précieux répertoire où s'enregistrent les souvenirs, les images de la riche campagne normande ? Beauté précise et mesurée de ces paysages qui se

succèdent sans à coup, c'est presque avec
la sage ordonnance de tableaux composés
par un maître qu'ils développent sous
nos yeux les lignes harmonieuses de leurs
formes. Rien d'imprévu en eux, rien de
brisé, ni qui force notre attention par
la soudaineté d'une perspective, mais la
plus raisonnable ordonnance, où viennent
collaborer, suivant une succession méthodique, les éléments constitutifs de cette
beauté. A mainte reprise, dans les Poèmes
de l'auteur, passent en familières images
les objets qui impressionnèrent les yeux
de l'enfant et sont demeurés chers à son
cœur pour ce qu'ils furent liés à l'éveil
de sa vie émotionnelle. C'est *une autre*,
nous l'avons vu, qu'elle croit tenir par la
main, quand femme elle revit ces premières heures, et pourtant ne sait-elle
pas, d'intuition sûre, qu'il n'est pas une
impression de ce premier éveil qui n'ait
contribué à la formation de l'âme vivante

et vibrante qu'elle est aujourd'hui ? La pièce intitulée: *Beau Jour* nous restitue ces images :

...Je me suis penchée au petit mur du clos
En face des beaux prés que baise la mer bleue,
Les tempes dans mes poings, avec ma robe à queue
Enroulée à mes pieds, à voir, à pas très lents,
Paître, sans relever leurs gros yeux indolents,
Les vaches aux deux pis gonflés comme des outres,
Les taureaux s'agacer les cornes dans les poutres,
Et les gaules qu'on range aux portes des pressoirs,
Et, redoutant la hâte automnale des soirs,
Sans bruit, rentrer au port, parmi le roux des branches,
Le papillonnement sans fin des voiles blanches.

On voit le charme, autant que les limites de cette poésie. Menus tableaux de vivante fraîcheur et de grâce, qui nous entretiennent des réalités immédiates, nous rattachent aux joies terrestres, mais jamais ne sauraient exalter notre âme jusqu'à la notion d'infini ! S'il est un sentiment que ne suggère pas cette beauté, c'est, en effet, celui de grandeur et de majesté qu'enferme en ses romanesques sites la pathétique Bretagne. Je sais d'illustres Bretons qui en tirèrent argument pour exalter leur sol natal aux dépens du voisin, et poussèrent en plus d'une circonstance l'aveuglement filial jusqu'à se montrer iniques pour toute une catégorie de richesses naturelles qu'ils prétendaient rabaisser.

C'est d'une parfaite correspondance entre sa nature et la réalité précise des choses *vues* que Mme Lucie Delarue tire ce premier élément de sincérité qui s'affirme en ses vers. Tâchons de reconstituer en elle la série des étapes qui aboutissent à cet effet particulier de condensation poétique, grâce à quoi l'on enferme, en la traduisant, une émotion vécue. Cela, c'est presque tout le secret de l'art du poète. Sans doute il en est qui, à ce don initial, unissent d'autres facultés ; mais un vrai poète qui ne le possédât à aucun degré, on ne le saurait concevoir, car il ne resterait plus qu'un artisan de rimes, c'est-à-dire la chose la plus froide, la plus artificielle, la plus vaine qui soit. Mme Lucie Delarue a la perception nette des objets qui viennent affecter ses différents sens, vue, ouïe, odorat : d'où sensation directe des choses de Nature ; et de même que dans le décor de sa riche Normandie les *motifs* viennent se proposer à notre attention, la première marque de son talent spontané — j'entends : chaque fois que ce talent est spontané — c'est d'ordonner ses sensations en petits tableaux qui se fixent dans notre esprit. Sa poésie vaut avant tout par le détail minutieusement observé, puis par le groupement de ces détails. Veut-elle rajeunir le thème immortel et redoutable de l'ivresse du Printemps ? Elle commence par une série de petites touches légères, presque impressionnistes, papillotantes et à peine fixées (*Avril* ; *On va vivre*), puis elle aboutit à

cette pièce : *Recueillement*, dans laquelle
elle ramasse et concentre ses effets :

> Le soir a provoqué les voix dominatrices
> Des rossignols puissants comme des cantatrices.
> Sorti du plus profond des parcs arborescents,
> Le Printemps est déjà dans l'air comme un encens.
> Fermons les yeux. Goûtons les heures tout entières,
> Dans le recueillement des pesantes paupières.
> L'ivresse des couchants tranquilles est en nous,
> Qui fait battre nos cœurs et trembler nos genoux.
> On n'aura jamais dit tout ce qu'on voulait dire,
> En face des moments où la journée expire,
> Et l'on pleure d'angoisse à sentir vivre en soi
> L'Ineffable bonheur de ce muet émoi...

Dans la série des brèves esquisses qui
précèdent ce *Recueillement*, on voit que
l'auteur a été affecté directement par les
objets qu'il s'est appliqué à fixer : Trop
souvent la femme qui tente de faire œuvre
d'art, particulièrement dans l'effort de la
composition littéraire, faute de pouvoir
sentir et penser par elle-même, sent et
pense à travers un maître : d'où chez
elle la rareté de l'invention originale.
Mme Lucie Delarue est bien elle-même,

quand elle fixe ces petits tableaux de
Nature, et son originalité n'a pas d'autre
cause que sa sincérité.

... La Peinture s'accorde avec l'art dra-
matique pour synthétiser, par des gestes
identiques, les passionnés mouvements de
l'âme humaine : en ce sens un Frédérick
Lemaître et un Eugène Delacroix pouvaient
tirer les plus durables bénéfices d'une fréquentation régulière, puisque leurs moyens
d'expression étaient voisins et que se con-
fondaient les limites de leur art. Pareillement évoquons les images plastiques dé-
posées en nous par la fréquentation des
Musées et des Théâtres : si parfois je
cherche à me représenter les sources vives
d'émotion chez la Femme ayant cette
ambition de la fixer, je la vois très exactement qui met la main sur son cœur pour
en suivre les battements. Et ce n'est pas
là un de ces symboles obscurs, n'offrant
qu'un rapport indirect avec leur objet...

c'est le *signe* correspondant à la chose *signifiée*. Valeur unique du Geste, qui fixe pour l'éternité l'instant pathétique de la passion : un des plus raffinés parmi les peintres de ce temps avait compris son éloquence, plus expressive que celle des mots, en imaginant cette formule : *Arts du silence* (1), par laquelle il entendait opposer la Peinture à la Musique et à la Poésie : c'était seulement, il faut le dire, prédilection d'un peintre pour sa spécialité, car, à le bien prendre, si l'on envisage l'ensemble de la production, il n'est pas d'art supérieur, mais seulement des artistes supérieurs. D'identiques analogies nous invitent à conclure, dans l'ordre de la production poétique : la beauté d'un thème n'est pas seulement dans la richesse des

(1) C'était là une de ces formules chères à Gustave Moreau, qui revenaient fréquemment dans ses entretiens avec ses élèves, et qui se retrouvent dans les notes demeurées inédites où il fixait ses rêveries et ses pensées sur l'art.

développements que nous lui supposons ;
elle est bien plus encore dans leur concordance avec notre intime sensibilité, et d'ailleurs comment les pourrions-nous même
imaginer, si à quelque degré déjà cette
concordance ne nous était suggérée ?

D'un instinct sûr, que rien ne saura
dérouter, la Femme-Poète poursuivra
correspondances, et analogies. Voilà donc
une matière rare : son cœur, son propre
cœur, qu'elle pourra travailler en toute
assurance, et je n'entends pas par là ces
grands mouvements de la passion où la
puissance de conception virile lui est un
trop dangereux rival, — domaine réservé
qu'elle fera sagement de laisser à l'homme
— mais plutôt ces intimes et mystérieux
recoins où celui-là ne saurait pénétrer.
Voyons en effet, examinons un peu ce qui
advient dans la pratique courante de la
vie : Toujours par quelque endroit, si
fervent que soit un amour, la femme

échappe à l'homme. Que ne peut-on les suivre ces amants, qui, dans un regard tout mouillé de tendresse, semblaient fondre leur âme et tout à l'heure uniront leur être d'un élan passionné ! Oui, que ne peut-on pénétrer jusqu'aux plus intimes replis d'eux-mêmes ! On serait effrayé de ce qu'on y verrait. Leurs lèvres une fois descellées et leurs bras désunis, quand la pleine possession de la conscience a remplacé cette folie d'une minute qu'est la fougue de l'instinct, quel abîme entre deux êtres qui tout à l'heure n'en faisaient qu'un ! De ces chairs confondues et de ces souffles mêlés, plus rien qui demeure, hélas ! La vraie nature a repris ses droits. Ils sont redevenus eux-mêmes, car dans cette brève détente de l'instinct, ils étaient tout au juste, et dans la rigueur grammaticale du terme, *aliénés* d'eux-mêmes. Et ce n'est pas seulement impénétrabilité particulière, difficulté d'adaptation, qui fait que deux âmes rapprochées par la vie ne sont pas plus rigoureusement pareilles que deux feuilles assemblées aux souffles de la forêt. Non, ce n'est pas désaccord d'une heure ; c'est quelque chose à la fois de plus général et de plus local, général dans ses effets et local dans ses causes.

Là véritablement peut triompher la Femme, puisque, se penchant sur elle-même, c'est elle aussi qu'elle traduit jusque dans les troubles de sa chair et les contractions de son cœur. Il faudrait ne rien concéder aux merveilleuses puissances de l'intuition, pour refuser à la femme, si peu douée fût-elle d'expression verbale, ce droit d'aveu, de confession, par où elle saura se révéler tout entière, à nous que d'irréductibles divergences de physiologie empêchent de sentir comme elles. A certaines heures, c'est comme si elle parlait une langue que nous ne pouvons entendre, et la seule contraction de ses traits nous permet de soupçonner des angoisses qui ne sauraient avoir d'écho direct en nous. Domaine réservé, comment y pénétrer si nulle analogie n'existe, nulle correspondance entre des épreuves qui la bouleversent toute et nos propres émotions !

Un seul écrivain contemporain eut cette audace singulière de se substituer à elle en quelque façon et de pousser son diagnostic jusqu'aux régions les plus intimes de sa physiologie. Faut-il nommer l'auteur illustre de la *Femme* et de l'*Amour*? Je ne sache pas que sous une autre plume virile, dans aucune littérature, les défaillances d'un tempérament aient été plus minutieusement décrites. Mais il advint qu'en dépit d'une merveilleuse sensibilité, la plus étrangement féminine qui eût jamais paru, les mouvements tumultueux d'une imagination jadis faussée par une extrême continence de jeunesse firent trembler sa main d'un émotion sénile et

obscurcirent son regard d'inquiétantes
visions. Michelet lui-même ne nous donna
donc qu'une contrefaçon de l'âme féminine, séduisante à coup sûr, mais faussée
de parti pris. Si nous nous tenons à la
prose, les cris déchirants d'une Lespinasse
nous présentent un tableau, sous forme de
confession, qui n'a pas d'analogue et ne
saurait en avoir sous une signature virile.
Là véritablement elle est l'égale de l'homme,
que dis-je? un instant elle lui devient supérieure, car si la faculté d'expression s'ajoute
en elle à la sincérité de son émotion, elle
peut hausser jusqu'à la puissance un
accent de poète qui jusqu'alors n'avait pas
marqué d'ambitions si hautes... La douleur seule est positive : nsus le savons par
notre propre expérience... Elle accomplira
donc ce miracle de transformer, en art
d'émotion, les éléments d'un talent qui
semblait tout d'abord se restreindre à l'ob-
jectivité. Je la trouve, il n'y a pas à dire,

cette profondeur d'accent, dans la série des pièces intitulées : *Femmes*.

> Complexe chair offerte à la virilité,
> Femme, amphore profonde et douce où dort la joie,
> Toi que l'amour renverse et meurtrit, blanche proie,
> Œuf douloureux où gît notre pérennité,
>
> Femme qui perds la vie au soir où ta jeunesse
> Trépasse, et qui survis, pour des jours superflus,
> Te débattant, passé qu'on ne regarde plus,
> Dans le noir du Destin où ton être se blesse,
>
> Humanité sans force, endurante moitié
> Du monde, ô camarade éternelle, ô moi-même,
> Femme, Femme, qui donc te dira que je t'aime
> D'un cœur si gros d'amour, et si lourd de pitié !

Voilà des accents qui correspondent à l'émotion directe et nous rendent un compte exact de ces éléments de sincérité qu'il faut reconnaître à l'origine de toute production durable, faute de quoi l'art des vers n'est que pure jonglerie, vain assemblage de mots, juxtaposition de syllabes et de rimes. Sur ces thèmes immortels, qui vaudront toujours ce que vaut l'Humanité, et dureront autant qu'elle, puisqu'ils composent la matière de ses angoisses et de ses espoirs : *Brièveté des heures, Beauté fugace, Inconstance du sentiment,* pourquoi Mme Lucie Delarue donne-t-elle une note si puissante? Ah ! toutes les femmes la comprendront, toutes les femmes se retrouveront dans ses poèmes, qui douées du pouvoir redoutable d'analyser leurs sensations, n'auront pas craint de suivre en leur miroir la progression des flétrissures dont le temps stigmatise leur beauté... celles-là surtout qui, seulement amantes, n'imaginent pas, les malheureuses, d'autre raison de vivre ! Je les vois qui se penchent sur ces pages : *Femmes,* les *Adorées,* miroir grossissant où vient se réfracter leur image. Et c'est bien, à parler franc, comme un miroir dont la monture inférieure, garnie de pointes, leur déchirerait le cœur ! Où donc, je le demande, notre auteur trouva-t-il cette puissance d'évocation ? C'est que vraisemblablement, étant femme, elle se représente ces sentiments avec plus de vivacité — je ne dis point qu'elle les ait éprouvés, car elle n'est pas encore à l'âge d'une telle épreuve — mais du moins pressent-elle leur amertume, et la force de l'imagination lui permet de recomposer les éléments de cette prescience. Donc ici je la vois pleinement sincère, grâce à la valeur de l'émotion directe qui commande l'inspiration et dicte l'expression — il faut insister sur ce mot : *dicte* — puisque le vrai poème, celui qui est digne de ce nom, doit se former dans le cerveau du poète sous la secousse directe qu'est la sensation :

Car votre chair n'était qu'une fugace rose,
Et si, quand vous pliiez sous l'amour exigeant,
Vous sentiez tristement s'émietter vos argiles,
Vous saviez bien que l'Homme est solide et changeant,
Vous saviez bien qu'avec les fleurs longtemps écloses,
Et les jours longtemps clairs qui sombrent dans le soir,
Qu'avec l'automne vient la douleur de déchoir,
Et que la Femme est brève entre toutes les choses !

Belles, belles, plutôt pleurer sur votre mort
Que de voir s'effeuiller vos quarantaines pâles,
Lorsqu'arrachant le sceptre à vos mains triomphales,
La vieillesse vous prend à la gorge et vous tord.
Ah ! comment assister alors cette détresse,
Qui fait trembler vos cœurs et vos pauvres genoux ?
Quel geste hospitalier, quels mots sages et doux
Répareraient la vie et sa scélératesse ?

Merveilleuse puissance de l'émotion vécue, ou sinon vécue, recréée par une imagination sympathique correspondante ! Autre part (1) nous l'avons exprimée cette vérité d'âme, comme le plus cher article de notre credo littéraire, et avec une rigueur qui nous fut reprochée : « Savoir n'est rien... Sentir est tout ! » puisque l'émotion, c'est justement l'étincelle qui fait jaillir la lumière dans l'âme du poète. Il est pourtant une restriction qu'il lui faut apporter, sans quoi elle ne rendrait qu'un

(1) Voir dans nos *Figures de Rêve*, les pages sur Venise et Vérone, sous ce titre : *Du jardin de Vérone, l'Art d'émotion à Venise*. Dans nos *Premiers Vénitiens* également nous avons touché à cette question.

compte insuffisant de la réalité. Elle demeure toujours exacte en effet, elle enferme une part de vérité profonde, la réplique de M. Maurice Barrès à l'objection de M. Paul Bourget : « L'écrivain Dorsenne n'avait pas beaucoup de cœur... » — « Qu'importe, s'il avait de l'imagination ! » — Entendez par là que le pouvoir de se représenter des états d'âme, de les raviver dans l'ordre où la Nature les suscita chez nos semblables, peut suppléer à telle lacune de sensibilité individuelle que le poète manifeste dans la vie journalière. Qu'il y ait correspondance entre la vie vécue et l'art créé, c'est alors un rythme magnifique, donnant satisfaction à l'Idéal que nous portons en nous. Mais ce n'est pas là une nécessité rigoureuse pour la production. Tout à l'heure nous observions la grâce de tel tableau. Ici, c'est l'émotion intime qui suscite la qualité de l'accent.

Jusqu'alors nous ne connaissions qu'une

incarnation de notre auteur. Voici maintenant qu'une seconde fait suite à la première... et le nom qui se dédouble en
s'allongeant nous en devient le transpa-
rent symbole : Lucie Delarue-Mardrus
s'est substituée à Lucie Delarue. — « Un
jour, en effet, observe notre confrère
Charles Maurras, le poète de l'Occident
épousa ce fils du soleil, le docteur Mar-
drus, né au Caire d'une famille orientale. »
Belle union, vraiment faite pour rajeunir
le sang des races... que ne l'imite-t-on plus
souvent dans l'ordinaire de la vie, où nous
voyons des enfants de frères unis par le
mariage et voués à faire souche de dégé-
nérés !... Et, du point de vue poétique, le
seul où nous devions l'envisager, expressive alliance qui poursuit ses immédiates
conséquences dans la production de l'auteur ! C'est la lumière de l'Orient qui
pénètre et réchauffe les brumes septen-
trionales. Tout aussitôt, sous l'action de

ces bienfaisants effluves, le *poète* s'efface
et laisse la *femme* passer au premier plan :
« Cette âme qui, dans la virginité d'hier,
ainsi parla et chanta loin des paroles et
des chants humains, je la dédie toute,
avec ses poèmes, diversifiés selon une
lente inspiration d'éclectique forme spon-
tanée, à celui qui pour le futur l'a située
dans la vie. »

Négligeons un instant ce qu'il y a d'un
peu irritant, de légèrement artificiel et qui
sent son auteur, dans la forme que revêt
un tel don : le don en bloc d'une sensibilité féminine. Un écrivain de l'autre sexe,
désireux de rendre témoignage à un amour
dont il tiendrait le meilleur de son inspiration, sans doute y mettrait quelque réserve, quelque atténuation. Mais le propre
de la Femme est de toujours pousser jusqu'à l'extrême : nous le constatons une
fois de plus dans cette dédicace d'*Occident*. Ce sont les seules proses que nous

5

possédions de Mme Lucie Delarue-Mardrus, du moins en volume : elles ne sauraient compter parmi le meilleur de son œuvre. Il n'en eut pas moins, ce don, des conséquences fort naturelles, conformes à l'ordre habituel des choses en général, aux exigences du tempérament féminin en particulier. Chaque jour ne nous montre-t-il pas ce spectacle assez banal : une jeune fille dont le vague cherche un sens à la vie, et qui soudain le découvre dans l'ardeur du premier baiser? Seulement voilà, sans doute rougirait-elle d'en faire l'aveu, et le récent éclat de son regard est pour nous son seul truchement.

C'est une sérieuse garantie de mystère pour la vie émotionnelle que de ne tenir sous sa main nul moyen d'expression... Quelle tentation en revanche, si l'on sait imprimer un rythme à sa pensée, de prétendre y plier chaque mouvement de la sensibilité ! Mme Lucie Delarue-Mardrus ne néglige aucun thème favorable. Pourquoi prendrions-nous soin de disposer un voile, quand l'intéressée elle-même découvre avec une pareille franchise son âme réellement mise à nu ? Car la jeune fille devenue femme ne nous l'envoie pas dire. Elle n'a pas craint de nous révéler les troubles de l'adolescence. Dans une très belle invocation qui porte ce titre : *les Voix de la Mer*, elle supplie la grande Divinité païenne de calmer ses ardeurs :

Ah ! Chante, chante-moi tes rythmes violents !
Chasse tout ce qu'en moi je hais et j'abomine,
Ces rêves de baisers où l'âme s'efémine,
Ces tendresses qui font les esprits indolents !
Ah ! cingle, frappe, mords de ta saine rudesse,
L'adulte chair qui songe à de la volupté,
Car je me veux pudique en ma virginité,
Moi, ta folle, orgueilleuse et sombre poétesse !...

Lorsqu'un auteur transpose sa propre sensibilité en un personnage de roman, on peut toujours hésiter à reconnaître, dans le héros imaginaire, un sosie de son âme, car sur l'ensemble des traits qu'il lui prêta, quelques-uns peuvent n'être pas à lui. Mais ici qu'avons-nous, sinon un aveu personnel, une confession directe, par où le poète prend à témoin son lecteur ? A moins d'admettre qu'il y ait en cet aveu quelque artifice d'attitude, il nous faut bien reconnaître en cette jeune poétesse des exigences précises. Plus sûrement qu'Amphitrite, dans cette âme obstinément païenne, l'amour humain devait produire le résultat attendu. Elle a rencontré enfin celui qui sut parler à tout son être, et traduit son émotion avec ce beau sens de réalisme à peine transposé, qui est bien d'une Française, précisons mieux : d'une Normande. Oui, l'ardeur du soleil oriental a décidément pénétré les brumes du Nord. Avais-je pas raison de dire que nous trouverions dans les origines de la Femme tous les éléments de sincérité qui s'affirment chez le Poète.

Une minute seulement je la suppose

Bretonne — hypothèse après tout qui n'a rien d'offensant. — De même qu'il n'est presque pas d'homme, un peu mécontent de son sort, qui ne se soit mille fois plu à s'imaginer une autre vie que celle dont il est redevable au destin, nous pouvons bien lui supposer d'autres origines, en reculant son lieu de naissance de quelques degrés vers l'ouest. Eût-elle, avec cette franchise dépouillée d'artifice, parlé d'amour, de son amour, et du même coup dévoilé le secret de ses premières initiations ? Peut-être eût-elle ressenti des ardeurs aussi fortes, plus fortes, qui sait ? car la femme bretonne brûle en dedans, si l'on en croit ceux qui nous parlèrent d'elle. Seulement une excessive pudeur l'empêche de trahir son secret. Elle le concentre en elle, elle en est ravagée, mais plutôt en mourir que dévoiler le mystère de ses troublantes émotions ! On connaît l'affabulation de ce récit : *Emma Kosilis*, unique dans l'œuvre

de Renan, qui par les nuances du détail
créant la progression de l'intérêt, nous
montre le merveilleux conteur qu'eût pu
devenir, s'il s'en était mêlé, le savant exé-
gète des *origines* ; il nous marque aussi
bien la psychologie amoureuse d'une Bretonne passionnée. Une jeune fille, Emma
Kosilis, aime en secret un homme plus âgé
qu'elle, qui n'a pas soupçonné ce tendre
attachement. Celui-ci se marie, épouse une
de ses amies précisément, et devient père
d'une nombreuse famille. Sur ces entre-
faites, Emma entre au couvent, se consacre
à la vie religieuse, mais sans pouvoir arracher de son cœur l'image de celui qu'elle
aime et continue de chérir par-dessus
toutes choses. Elle se dessèche, elle se con-
sume en silence, elle n'est plus bientôt que
l'ombre d'elle-même. La destinée pourtant
semble prendre pitié d'un si constant
amour. Son inconsciente rivale meurt pré-
maturément, et comme elle n'a pas pro-

noncé de vœux éternels, comme d'ailleurs
les relations d'autrefois autorisent ses vi-
sites, il lui est enfin permis, par sa seule
attitude, de faire l'aveu d'un secret enfoui
au fond du cœur depuis tant d'années.
Emma épouse celui à qui l'unissait un si
fidèle attachement : femme heureuse et
mère comblée, elle voit, à l'automne de sa
vie et dans une seconde jeunesse, s'épanouir à nouveau des charmes que la solitude avait flétris.

Banale histoire en apparence, pour qui
ne tiendrait compte que de l'affabulation lit-
térale, mais, par la flamme du sentiment
qui l'anime, par le prestige du pinceau qui
l'a fixé, vivant tableau de grâce, de pudeur
contenue, d'ardeur couvant sous la
cendre !... Si j'ai voulu la rapporter ici,
c'est qu'elle exprime toute l'âme bretonne,
partant une conception de l'amour justement opposée à celle de notre auteur. Ici,
rien qui ne soit voilé, secret, mystérieux.

Là au contraire, tout est en plein jour, et, faut-il le dire ? quelque peu indiscret. Combien de femmes, et même d'hommes, seront choqués de cette intimité soudain dévoilée ! J'en sais à qui elle paraîtra intolérable et le contraire du véritable amour. Je n'y veux voir, pour ma part, que la sincérité d'une plume obéissant aux vives impulsions d'une amoureuse, laquelle, de tempérament réaliste, ne craint pas l'image physique et parfois même semble la chercher. Écoutez-la qui fait sa déclaration.

J'ouvrirai grands mes yeux d'abîme dans tes yeux,
Pour que leur regard noir reste dans ta pensée,
Ainsi qu'une clarté vive longtemps fixée
Inscrit dans notre vue un halo lumineux.

Je laisserai dormir ma tempe chevelue
Au creux de ton épaule offerte, lourdement,
Afin que son ampleur garde, éternellement,
La place qu'y creusa la tête de l'Élue !

Je chanterai pour toi la chanson de ma voix,
Dont ton âme chérit les rites et les prônes,
Afin que dans ton âme attentive elle trône,
De tous ses grelots d'or et de tous ses hautbois.

Je mettrai mon empreinte en toi, pour que tes paumes
Ne souhaitent plus rien que ma captation,
Pour que ton cœur, m'ayant en son ambition,
Se sente déborder de dieux et de royaumes.

Suprême élément de sincérité, voici donc la marque de l'amour. Et l'auteur ne marchande pas les termes où vient s'affirmer le sentiment de la femme. Elle déclare l'*Empreinte*. Si, comme poète, elle est sans doute plus chatouilleuse que de raison sur son originalité, comme femme, je la vois qui s'abandonne. Elle vérifie, en l'intervertissant dans la forme, mais se livrant avec délice dans le fait, la parole saisissante : « Ce que la femme entend par amour est assez clair : complet abandon de corps et d'âme. La Femme veut être prise, acceptée comme propriété. Elle veut se fondre dans l'idée de propriété. La Femme se donne, l'homme prend. »

Qu'entendait donc nous persuader le poète en Mme Lucie Delarue-Mardrus? Que l'empreinte venait d'elle... Mais la femme n'a-t-elle pas fait son aveu ? Car, si le poète a composé les vers, n'est-ce pas l'amante qui rédigea la dédicace ? C'est elle qui revendique l'empreinte, mais pour être mieux absorbée. Femme, doublement femme, elle aboutit aux conclusions de Nietzsche, bien qu'elle semble y contredire.

Il serait vraiment trop beau, il serait incompréhensible que chez une femme, si douée fût-elle, dès l'instant qu'elle tient une plume, nul accent d'artifice ne vint se mêler aux voix de la sincérité. Chez Mme Lucie Delarus-Mardrus l'artifice apparaît chaque fois qu'elle échappe à la sensation directe et à sa notation réaliste. Alors elle ne sent plus par elle-même. Elle subordonne son émotion à la vision d'un maître et les influences se révèlent, disons mieux : elle se révèle à travers ces influences.

Qu'y a-t-il, que discernons-nous à l'ori-

gine de cette déformation ? Tout uniment
parti pris d'étonner, et, si l'on y veut réfléchir, rien de moins surprenant qu'une
telle attitude. Elle songe qu'elle fut une
petite fille, puis une fillette aux tresses
pendantes, jeune bourgeoise qu'à travers
la ville sa bonne accompagnait pour garder
son innocence, et que ni des fillettes deve-
nues grandes, ni des jeunes bourgeoises
émancipées par le mariage, on n'attend
pareille clairvoyance dans l'observation
des réalités. Processus facile à reconstituer, celui qui chez la femme conduit au
désir d'étonner ; c'est simplement celui de
la contradiction : — Ton sexe t'interdit de
t'arrêter à tel détail... Attends un peu... on
va bien voir ! — De là au fait d'exagérer sa
sensation, même de la créer artificielle-
ment, pour en modeler l'expression sur
l'exemple d'un maître, il n'y a qu'un pas,
et c'est l'instinct d'imitation qui le lui fait
franchir. Je note, comme tout à fait expres-

sive à cet égard, dans la série des *Femmes*, cette pièce intitulée : *Esclaves*, qui serait un chef-d'œuvre si toutes les touches n'en rappelaient un trop illustre modèle :

> Avec nos regards nus sur la réalité,
> Que ne transfigura l'arc-en-ciel d'aucun prisme,
> Nous regardons marcher votre morne héroïsme,
> Grelottant en hiver et suant en été,
>
> Vous, compagnes de ceux que mange la fabrique,
> Vous, épouses qu'on bat, et vous, maigres catins,
> Sans fards dont rehausser vos pauvres sens éteints,
> Qu'assaille le désir brutal comme une trique...
>
> Enceintes de misère, enceintes de laideur,
> Vos flancs couvent l'horreur des races accroupies,
> Qui vivront comme vous, loin de nos utopies,
> L'esclavage éternel et muet du malheur.

Ici l'influence est transparente, et dans le ramassé de la forme elle accuse le pastiche. Nul qui n'y puisse reconnaître l'accent et jusqu'aux formules des plus célèbres morceaux des *Fleurs du Mal*, comme dans l'esprit qui dicta cette pièce, ce parti pris d'étonner, que Baudelaire lui-même théo-

risa, en le vantant comme un condiment
de beauté. Désir d'étonner, où il trouvait
une sorte de rajeunissement de la forme
littéraire épuisée par l'âge, une ligne de
démarcation entre les Anciens et les Modernes... nous l'avons vu chez lui proche
de la mystification, et trop souvent ses
ennemis le confondirent avec elle.

Nul pire artifice que celui qui fausse,
en la contraignant, la spontanéité origi-
nelle d'une nature ; car alors la volonté
humaine joue le rôle du dresseur qui, par
un entraînement méthodique, tend à susciter, chez un bel animal, une suite de
réactions contraires à son instinct. Sans
doute avec une longue persévérance, en
s'y prenant dès le premier âge, on habitue
les chats à passer dans des cerceaux. Mais
alors c'est une question de savoir s'ils
sont encore des chats et s'ils nous inté-
ressent pour une raison proprement *féline*.
N'est-ce pas plutôt curiosité qui nous re-

tient un instant, parce qu'elle contredit la
Nature, mais, pour des yeux d'artiste, ne
vaudra jamais le bel élan spontané du
fauve sur sa proie ? Pareillement cette gen-
tille Normande, en qui se réfléchissent si
nettement les images de son pays, et qui
trouve des accents émus pour exalter les
souffrances de son sexe, n'est pas faite
pour la courbure du cerceau métaphysique.
Qu'elle chante son *Carpe diem* en le mo-
dernisant, tous les poètes l'ont fait qui
s'absorbèrent dans la sensation. Mais y
joindre sa profession de foi métaphysique,
c'est fausser sa nature :

> Les oiseaux alternés comme un chœur de pipeaux,
> L'eau dans l'herbe, le ciel mat et bleu, le repos
> Des bons après-midi qu'un peu d'ombre tamise,
> T'apprendront qu'il n'est point d'autre terre promise
> Que celle où ta jeunesse aimable sent sa chair
> Encensée au contact des feuilles et de l'air.

La voilà bien, la pire attitude littéraire,
celle de la leçon apprise qu'on applique au
thème choisi. Peut-être viendra-t-on dire :

Origines normandes... donc nature qui se
rattache toute à la terre et radicalement
dénuée d'Idéalisme. Il y aurait alors sincérité, au sens où l'entendait Carlyle. Mais
pourquoi ne pas voir plutôt, dans cette
profession de foi païenne, une acquisition
de seconde main ? hypothèse qui va se confirmer aisément.

De quelle étrange ardeur nous sont
apparues et la vierge et l'amante chez notre
auteur... nous l'avons vérifié dans les pièces
d'autobiographie qu'enferment ces deux
recueils : *Ferveur, Occident*. Voici pourtant que l'amante passionnée se replie sur
elle-même et communie en Schopenhauer :
elle éprouve le besoin de faire sa soumission au maître de Franckfort. Mme Lucie
Delarue-Mardrus accepte l'amour, elle l'appelle... elle en vérifie les bienfaisants effets
sur sa production littéraire. Mais elle en
repousse les conséquences physiologiques,
la Maternité. Danaé d'un nouveau genre,

elle veut bien recevoir la pluie d'or, mais
n'admet pas d'autre fécondation que celle
du cerveau !

O toi, naissance, sœur jumelle de la Mort,
Race obscure, dans notre geste confinée,
Deviendrons-nous, en assistant ton sourd effort,
Complices du vouloir d'où sort la Destinée ?

Je n'accepterai pas, en mon humanité
Animale, où l'esprit n'est point, ta magie noire ;
Ton égoïste événement dans notre histoire,
Je le repousse avec toute ma charité.

Loin de moi donc le faix de ton œuvre incertaine,
Et que puisse la vie oublier l'œuf caché
Où couverait, ainsi qu'un monstrueux péché,
Dans mes flancs, malgré moi, l'horreur d'une âme humaine.

Ici la *Femme de lettres* l'emporte sur la
Femme, pour l'absorber toute. N'est-ce pas
qu'elle trouve prétexte à un beau cri, à un
anathème littéraire? Prétendre enlever à
la femme toute raison de vivre, quand
l'heure fatale a marqué la dernière étape
de la vie, c'est trop délibérément s'insurger
contre des lois inéluctables et pourtant

providentielles ! Mais faut-il pas qu'en dernier ressort la Femme fasse retour à sa
nature ? Imprimer un accent poétique à la
doctrine de Schopenhauer, et du même
coup faire sa soumission à l'esthétique
baudelairienne, c'est l'argument suprême
en faveur de la plasticité féminine !

MADAME HENRI DE RÉGNIER

III

MADAME HENRI DE RÉGNIER

Combien diverses les destinées d'écrivains... aussi diverses que les physionomies humaines dont aucune ne reproduit exactement la voisine ! J'ai connu pourtant deux frères jumeaux qui se ressemblaient à tel point que leurs parents eux-mêmes n'arrivaient pas à les distinguer. Quand ils furent mariés l'un et l'autre, pour que leur femme ne s'y pût tromper — ce qui aurait eu plus de conséquence — chacun portait une cravate de couleur déterminée. Vainement, chercherait-on, dans l'ordre intellectuel, des similitudes aussi mar-

quées : les catégories y sont mieux déli-
mitées. Chez certains, le don d'écrire est
un fait naturel, spontané, s'épanouissant
ainsi qu'une fleur sur sa tige. Chez d'autres, il apparaît comme un phénomène
plus complexe, qui se rattache à l'instinct
d'imitation sommeillant chez tout être, en
vertu duquel chacun de nous tend à répéter
les gestes qu'il voit accomplir autour de
lui.

Mme Henri de Régnier (Gérard d'Ou-
ville) fait partie d'une puissante associa-
tion, merveilleusement agencée pour le
succès de ses adhérents... la plus active,
la plus énergique qui fut jamais, et —
détail unique, je crois, dans la vie littéraire — se restreignant toute aux membres d'une même famille. Qui donc prétend
que se relâchent les liens d'autrefois ? L'esprit de famille sur lequel s'attendrissaient
nos mères, qu'elles proposaient à notre
culte, avec raison d'ailleurs, comme la

première garantie d'ordre social, est demeuré intact, mieux qu'intact... actif, vigilant, entre les membres de cette collectivité sans précédent. Qu'êtes-vous devenue, antique conception de l'homme de lettres, sur laquelle précisément vivaient nos mères, et qui leur faisait si peur, synonyme de relâchement, de dissipation, de bohémianisme, pour laquelle on eût pu créer ce mot de Murgérisme! Quelques années après les dates héroïques du Romantisme, ayant une fois pour toutes dépouillé le gilet rouge d'*Hernani,* et quand il n'était plus qu'un fournisseur désenchanté de feuilletons dramatiques, Théophile Gautier observe, en sa préface aux *Fleurs du Mal,* qu'une seule fois dans l'Histoire on vit un père et une mère d'accord pour préparer leur fils à la vie littéraire, et ce fils était.... Chapelain, le futur auteur de la *Pucelle*: cinglante ironie du sort, qui n'en fait jamais d'autres.

Mais la date des *Fleurs du Mal* est déjà loin de nous. Nous nous formons aujourd'hui et transmettons à nos enfants une tout autre idée de la vie littéraire. Car en vérité je ne distingue ici qu'ordre et méthode, entente tacite pour organiser des carrières, et ce je ne sais quoi d'un peu administratif par où l'on prépare les beaux avancements dans la magistrature. N'est-ce pas un signe des temps que les artistes aient pris à leur compte quelques-uns des préjugés qu'ils ridiculisaient chez nos pères ? A une heure où tous les Bourgeois se piquent d'être artistes, il est naturel que les artistes fassent échange de politesse avec eux. On ne saurait pousser plus avant que dans cette famille littéraire l'esprit de solidarité. Comment en tout cas demeurer indifférents à la précision des causes qui préparent la formation d'un talent ?

Examinons de près la vigueur du groupe

familial dont il est issu. Dans un temps où chacun vit pour soi et n'attend des voisins que horions et crocs-en-jambe, à une époque où la moralité dominante est celle du coup de poing, Mme Henri de Régnier connut le bienfait des plus solides appuis. Il n'est que d'avoir éprouvé les difficultés des débuts dans la vie littéraire, l'énergie farouche dont les aînés s'entendent à bloquer toutes les avenues, pour comprendre le bénéfice irremplaçable de voir, sur un simple signe, les barrières s'ouvrir devant vous. Élevée sur les genoux d'un père qui poursuivait ses rimes à travers les mille occupations de la vie mondaine, n'hésitant pas à parfaire, six mois durant, la magnificence d'un sonnet, elle eut ses jeunes ans bercés au son de la musique des phrases, et cette musique-là, tout comme l'autre, dépose en notre oreille des rythmes qui ne s'effacent jamais. On se rappelle les confidences de Mme de Commanville, la

nièce de Gustave Flaubert, lequel contri-
bua à sa première éducation : on ne
peut soutenir que cette fille adoptive d'un
illustre écrivain possédât le moindre don
d'expression verbale. Mais d'avoir pris ses
ébats d'enfant sur la peau d'ours blanc
que foulait son oncle en scandant, d'une
vigoureuse intonation, les accents de *Madame Bovary*, il subsista dans sa mémoire
des rythmes qu'elle n'oublia pas, si toutefois elle fut inhabile à les faire passer dans
ses phrases. Que sera-ce chez une jeune
femme qui possède un véritable don ?

A moins d'être un obstiné solitaire, chacun de nous tend à se rapprocher du groupe
qui favorisera ses efforts. Chez certains,
quelle énergie pour se soustraire au milieu
qui les opprime ! Quelles luttes pour sortir d'une atmosphère irrespirable à leurs
poumons ! Ce sont là circonstances dont
on ne tient pas assez compte, quand on
juge dans son ensemble la carrière d'un

écrivain. Pour Mme Henri de Régnier, rien de semblable. Nul besoin d'adaptation, puisque celle-ci existait au préalable, et qu'elle n'aurait même pas eu licence de s'y soustraire. Voilà une miraculeuse rencontre, telle qu'on n'en observerait pas une seconde dans la vie littéraire : Fille de poète, femme de poète, sœur par alliance de romanciers (1), comment eût-elle pu faire, proche de tant d'écritoires, pour n'avoir pas quelques taches d'encre aux doigts ? Le risque, le seul risque à courir, c'était qu'elle connût la satiété, que pour avoir vu telle consommation de littérature autour d'elle, elle la prit en dégoût. On pourrait citer quelques exemples de ce désaveu, où ce n'est pas le père qui renie son enfant, mais ce dernier qui entend rompre tous liens avec celui dont il reçut

(1) Il est à peine besoin de rappeler les noms qui composent ce puissant état-major : José Maria de Hérédia, Henri de Régnier, Maurice Maindron et Pierre Loüys.

la vie ! Risque infime, faut-il le dire ? Chez
Mme Henri de Régnier, ce fut l'instinct
d'imitation qui l'emporta.

L'instinct d'imitation... c'est bientôt dit !
Car enfin il faudrait s'entendre, sous peine
d'être inique. Entre toutes nos femmes
littéraires, c'est une des plus personnelles,
celle qui peut-être tire le plus d'elle-même,
de la subtilité de ses sensations, et le moins
fait songer à ses auteurs : détail notable
chez une personne qui à la lettre coule ses
jours parmi les auteurs, n'ayant pas à
subir le seul rythme officiel et consacré des
morts, mais les cadences autrement dan-
gereuses des vivants. Parmi ses titres,
c'est, à mon sens, celui qui compte le plus ;
j'y vois la décisive épreuve, la ceinture
de flammes qu'elle sut traverer, et dont elle
sortit vivante... Trop de littérature, trop de
musique autour d'une enfance, autour d'une
âme qui s'éveille à la vie, cela peut être plus
redoutable qu'aucune littérature, aucune

musique du tout. Il subsiste encore la chance que cette âme porte en soi sa littérature et sa musique, auquel cas rien au monde ne saurait les empêcher d'en sortir, tandis que les réminiscences d'une mémoire trop fidèle risquent d'anéantir toute spontanéité.

Je ne voudrais pas abuser des comparaisons, qui toujours font suspecter notre partialité. Mais celle-ci vraiment s'impose trop pour que j'y résiste : dès qu'on lit une phrase de Mme de Noailles — je parle de son œuvre romanesque, non de ses vers — on discerne les maîtres qu'elle évoque, auxquels elle tend la main pour réconforter sa faiblesse. Il semble qu'elle soit obligée de prendre à témoin quelqu'un de ceux qui contribuèrent à la formation de son esprit. Et je ne prétends pas que toujours elle souligne ses références. Mais c'est à nous qu'il appartient de les retrouver. On connaît cette image de François de

Sales, charmante, tout embaumée de senteurs empruntées à la nature, par laquelle
le gracieux saint conseille à ses ouailles
de « faire comme les petits enfants qui, de
l'une des mains se tiennent à leur père, et
de l'autre cueillent des fraises ou des mûres
le long des haies ». — Excellente méthode
de discipline chrétienne, qui donc y contre-
dirait ? Mais moins bonne attitude pour
la production littéraire, c'est quelque peu
l'image de Mme de Noailles. Vraiment
elle pense à travers ses auteurs, car la
sensation initiale elle-même, matière originale de toute pensée, elle la transforme
et la transpose, en l'avivant d'un accent
grâce auquel s'évoque le souvenir de celui
qui tout d'abord le donna.

Chose curieuse, on en conviendra, que
précisément la plante de serre chaude ait
produit à la lumière du jour les fruits les
plus savoureux ! Il n'est pas habituel que
les plantes de serre chaude produisent

le moindre fruit. Mais lorsqu'elles en donnent, ils ne ressemblent à nul autre. Qu'on y prenne garde cependant et qu'on ne soit pas dupe des apparences ! Des traits essentiels, que nous ne saurions retrouver dans l'empreinte des influences extérieures, s'expliqueront suffisamment par la plus immédiate hérédité ! Le père de Mme Henri de Régnier, le parfait artisan de rimes José Maria de Hérédia, était Cubain. Bien que frappé avant la vieillesse, il vécut assez pour voir s'épanouir chez une enfant de son sang des dons littéraires qui venaient confirmer le sens du dicton : Bon sang ne peut mentir. Croit-on qu'en dehors de cette circonstance, que l'on peut qualifier à son gré heureuse ou malheureuse, mais qui n'est qu'un des éléments d'une destinée, l'auteur d'*Esclave* eût pu composer ce poème de la servitude amoureuse ?

... Je voudrais évoquer ici un souvenir

de ma première jeunesse, dont la princi-
pale image se rattache d'invincible façon à
l'héroïne de Mme Henri de Régnier. C'était
à Venise, un après-midi de printemps. Je
revenais de Padoue. J'avais pris le bateau
à vapeur qui fait le service du Grand-Canal,
et comme la pluie faisait rage sur le pont,
j'étais descendu à l'étage inférieur. Tout
d'un coup mes yeux tombèrent sur une
figure de femme qui força mon attention
pour l'absorber dans une de ces contem-
plations qui vous arrachent à la vie extérieure. La grande beauté seule exerce ce
magique pouvoir de couper tout lien de
communication avec la terre, parce que
soudain et pour une minute trop brève,
elle isole l'être des vulgarités qui l'oppriment et brusquement déchire le voile qui
lui cachait un pan du ciel. Nul visage
créole plus ardent et plus doux à la fois...
des yeux qui composaient toute l'âme de
ce visage, qui l'emplissaient et le dévoraient

tout, et pourtant s'arrêtaient sur vous
comme une caresse! Un corps de rythme
et d'harmonie, où chaque organe contri-
buait à la perfection de l'ensemble, et
donnait ainsi l'impression, pris à part,
d'une chose parfaite! Comment l'imagination n'eût-elle pas recomposé un poème
d'amour sur ce thème initial! C'est la
secousse indispensable qui ébranle en
nous les cordes sensibles, et suscite la
vibration par où tout l'organisme est
exalté!... Quelle n'est pas sa puissance
sur l'artiste, pour qui elle devient le
secret, le mystérieux secret de son inspiration! Je ne doute pas, pourrions-nous
douter que Mme Henri de Régnier l'ait
vue aussi, dans sa réalité tangible, celle
qui allait devenir l'*Esclave* de son inspiration?

Fugace beauté qui disparut de mes
yeux pour toujours au ponton de la Ca
d'Oro, elle devait y laisser une ineffaçable

7

image, puisqu'après tant d'années écou-
lées celle-ci reconquit sa vitalité, quand je
pris contact avec la Grâce Mirbel de
Mme Henri de Régnier. Il me devenait
impossible de me représenter l'héroïne
d'*Esclave* sous d'autres traits que ceux de
mon apparition vénitienne. Par bonheur,
aucun des traits physiques que lui prête le
romancier ne venait contrarier ceux que
ressuscitait ma mémoire. Mais je crois
bien que si, par aventure, une telle contradiction se fût produite, j'aurais été con-
traint de substituer mes souvenirs person-
nels à l'image que l'auteur me venait
proposer. Et c'est un étrange appui pour
un personnage imaginaire d'éveiller en
nous des analogies avec quelque épisode
de notre vie émotive, comme pour l'auteur
qui le créa de le pouvoir rattacher à son
expérience personnelle.

Si la qualité d'un ouvrage de l'esprit se
mesure à la persistance des images qu'il

imprime dans notre cerveau, *Esclave* de Mme Henri de Régnier est assurée d'un rang qui ne saurait être médiocre : Grâce Mirbel n'est pas seulement une statue vivante, de qui les souples contours viennent se réfléchir en nos yeux pour y laisser une trace durable... Elle est encore une chair vivante, pulpe saturée d'aromes, pareille à un beau fruit de ces régions fortunées, dont la senteur monte au cerveau. On se rappelle l'affabulation du livre, qui vaut avant tout par sa condensation et sa brièveté, dont l'ordonnance est bien dans la pure tradition française, parce qu'il déblaie soigneusement les circonstances accessoires inhabiles à renforcer l'intérêt, et que, suivant l'esthétique d'une mise en scène bien composée, nulle figure ne s'avance au-delà du plan qui tout d'abord lui fut indiqué.

Il faut aimer ces ouvrages, qui par la sagesse de leur ordonnance, par l'har-

monie de leurs proportions, se rattachent
à ce qu'il y a de plus pur dans la tradition
de notre génie. Il faut les aimer, non seulement parce qu'ils vivifient en nous la
notion de Beauté, mais d'une *certaine*
Beauté, qui n'est qu'à nous, et par laquelle
nous avons exercé sur les esprits ce long
prestige que seul put affaiblir le flot des
importations de l'étranger et ce cosmopolitisme malsain venant composer de toutes
les esthétiques un étrange amalgame. On
se défend comme l'on peut, et la meilleure
façon de se défendre, c'est encore d'obéir
aux suggestions de son tempérament.
D'avoir retrouvé dans ce bref récit :
Esclave, si ramassé dans sa forme, toutes
les vertus de notre génie français, ce fut
pour nous la plus vive satisfaction. Pareillement, à distance, avant même de mettre
un nom sur un visage, on distingue la
silhouette et l'accent national qu'il révèle.
J'en sais qui viendront le taxer de séche-

resse. Laissons dire : il n'est rien comme les esprits brouillons pour mettre sur le compte de l'impuissance ce qui n'est qu'ordre et méthode dans l'art de composer. Comment sauraient-ils discerner ce qu'il entre d'art dans une telle sobriété de détails, quand chez eux tout est prétexte à sortir du sujet, à faire craquer le cadre du tableau (1).

Mme Henri de Régnier se rattache, par des liens que nul ne pourrait lui contester, à la pure tradition classique. C'est, avant tout, ce que nous goûtons dans ce roman : *Esclave*. Un minimum de personnages : Grâce Mirbel, qui subit une première fois le despotisme amoureux, puis, s'étant reprise, lutte à nouveau contre le maître de

(1) Souvent il advient que, dans nos analyses, nous utilisons des comparaisons empruntées aux arts plastiques. On voudra bien ne pas s'en étonner, puisqu'à vrai dire les méthodes de composition sont identiques et qu'il serait aisé de classer, par catégories d'esprits, tous ceux qui, munis d'un outil distinct, appartiennent pourtant au même type psychologique.

son cœur et de ses sens... Antoine Ferlier qui marche, avec la certitude d'une nouvelle victoire, vers la conquête de celle qui une fois déjà fut à lui... Charlie, le doux et tendre Charlie, qui livre toute son âme, et se trouve broyé entre les deux ! Les figures d'arrière-plan ne valent que comme touches complémentaires, qui viennent préciser et vivifier le décor d'un drame tout intérieur.

Grâce Mirbel est la trouvaille de Mme Henri de Régnier, et si c'est une trouvaille littéraire par l'art dont furent assemblés les traits qui composent sa physionomie, déjà nous avons admis que leurs éléments essentiels en doivent être recherchés plus haut, dans une inconsciente hérédité. Par un mécanisme assez identique à celui qui confrontait notre rencontre vénitienne aux traits de la figure venant s'ordonner sous la plume de notre auteur, les images cubaines emmagasinées dans le cerveau du

scrupuleux artisan José Maria de Hérédia,
que celui-ci n'utilisa que pour renforcer la
puissance de ses rimes, ressuscitèrent chez
sa fille en *valeur d'émotion*, d'où Grâce
Mirbel tire sa vivante poésie. Vous sentez
le mécanisme et avec quelle rigueur il précise les lois de la composition. A parler
franc, si nous poussons l'analyse jusqu'à
ses conséquences extrêmes, nous ne pro-
duisons à la lumière du jour que ce qui est
en nous, à tel point que les mêmes séries
d'images, enregistrées en des cerveaux si
proches par le sang que ceux d'un père et
d'une fille, puis renforcées encore par l'hérédité, peuvent donner naissance à deux
formes d'art aussi différentes que celles de
ce père et de cette fille : d'une part, la poésie la plus voulue, la plus purement
extérieure, la plus froide qui fut jamais ;
de l'autre, une prose, colorée sans doute,
riche d'images empruntées à la vie
objective, mais qui sans trêve évoque les

mouvements passionnés de l'âme, et nous
les rend présents par l'ardeur dont elle
les décrit. Un seul point leur est commun :
le souci de la Forme, qui donne la durée
aux œuvres de l'esprit, par où tous deux
relèvent d'une même école et sont disciples
des mêmes maîtres. Et si ce n'était frois-
ser les justes sentiments d'une fille pour
un père auquel elle doit tant, je n'hésiterais
pas à indiquer une préférence sur laquelle
je me reprocherais d'insister davantage.
Il est de justes louanges qui peuvent
blesser, fussent-elles marquées au coin de
la plus évidente sincérité.

Pourquoi d'ailleurs instituer des comparaisons et des rangs ? J'ai dit que Grâce
Mirbel m'apparaissait la trouvaille de
Mme Henri de Régnier. Trouvaille... c'est-
à-dire chose unique, qui vous appartient
en propre, dont on cherche en vain l'équivalent dans le passé. Et pourtant elle a de
fermes assises dans la réalité observée.

On connaît cette fin d'un *petit Poème en prose* : « Il y a des femmes qui inspirent l'envie de les vaincre et de jouir d'elles. Mais celle-ci donne le désir de mourir lentement sous son regard. » Beauté pliante et soumise, Grâce Mirbel est de la race des premières. Des pieds à la tête, elle n'est que sensibilité amoureuse, subordonnée à la sensualité. Voilà ce que Mme Henri de Régnier nous illumine d'un vif éclat, ce qui donne sa pleine signification à cette figure féminine : la prédominance, l'absorption de la sensation, ne laissant subsister aucune place dans cette âme d'instinct, pour quoi que ce soit d'autre qu'une existence d'amante ! Petit animal câlin, qui ne saura se soustraire au despotisme des caresses, elle a connu celles d'Antoine Ferlier, et c'est pour elle un joug dont rien ne la saurait libérer : « Écoutez, avoue-t-elle à Charlie, pendant des années, j'ai été sa pauvre, sa misérable esclave, le

jouet de tous ses caprices, la complice de
toutes ses fantaisies, la victime de ses
cruautés presque inconscientes... Il avait
cent maîtresses, me les montrait, me parlait des beautés de leur corps, les comparait
aux miennes qu'il exaltait ou rabaissait
selon son humeur. Il jouissait de mon
pauvre visage convulsé, quand je le voyais
ébaucher quelque aventure, poursuivre
quelque caprice, ou s'acharner à une tenta-
tive amoureuse qui ne lui eût peut-être
pas paru si délectable, si je n'en avais été
le témoin averti, impuissant et déchiré. Et
je l'aimais ! comme je l'aimais ! »

Ce n'est là qu'un trait, entre tant
d'autres qu'il nous faut négliger, le plus
expressif parce qu'il s'agit de choisir, et
que toujours on fait son choix dans le sens
de la thèse que l'on veut démontrer. Mais
en en trouverait cent autres, et pas un seul
parmi eux qui ne contribuât à l'unité d'accent du personnage ! L'affabulation du

roman nous marque un conflit, une lutte dans l'âme de Grâce Mirbel, lutte où nous savons trop que la malheureuse est vaincue d'avance. Je ne pense pas qu'on ait jamais mieux rendu, par la seule magie des mots, l'abandon morbide, alangui, toujours prêt, de celle qui s'étant laissé marquer, à cette profondeur de chair, par la griffe aiguë de la volupté, ne pourra plus que s'abandonner encore, renonçant à tout espoir de jamais se reprendre (1).

Libre au moraliste de faire telle réserve qu'il jugera bonne sur cet affaissement, sur ce perpétuel abandon de soi-même qui rend possible une création comme celle-ci. Il est clair que, si la société

(1) J'ai parlé plus haut de *trouvaille*, en commentant Grâce Mirbel. Ce n'est pas qu'on ne rencontre, dans notre littérature contemporaine, des figures féminines issues d'une même veine poétique. Chez la fille de Hérédia, l'originalité d'auteur est plus encore dans l'assemblage des traits qui contribuent à l'unité du personnage que dans la conception même de ce personnage. L'artiste littéraire y apparaît supérieure à l'observatrice.

comptait un grand nombre de Grâce
Mirbel, les rapports sexuels, réglés en vue
du mariage, et qui sont déjà difficiles,
deviendraient tout à fait impossibles.
Encore une fois, c'est affaire au moraliste
et nous la retenons pour nos conclusions.
Qu'elle constitue une réalité dans la vie qui
nous entoure en nous proposant ses spectacles, c'est assez pour justifier chez l'artiste le désir de peindre. Qui de nous ne
pourrait retrouver, dans ce magnifique
répertoire de souvenirs que crée une expérience personnelle subordonnée à l'observation, quelque figure s'apparentant à
l'héroïne de Mme Henri de Régnier? Il
sera d'ailleurs d'autant plus vaste, ce point
de vue du moraliste, qu'il embrassera plus
d'objets : comme s'étend la perspective du
voyageur à mesure qu'il s'élève davantage,
la portée d'une observation croît à propor-
tion des documents qu'elle assembla...

La nature même de cette amoureuse

appelait par contraste, et si j'ose dire, par
nécessité de logique intérieure, un amant
déterminé. Il y a ainsi des voix littéraires
qui s'appellent et se répondent l'une à
l'autre, comme un écho dans la forêt. En
face de Grâce Mirbel, Mme Henri de Régnier ne pouvait que nous restituer la
figure illustre du *Dominateur,* de l'*Homme
à femmes*, du maître de l'esclave amoureuse, esclave lui-même de ses instincts,
et rivé à ses appétits. Thème éternel et
tant de fois repris, depuis Don Juan jusqu'à Priola, le plus original des créateurs
ne saurait qu'ajouter quelques variations
à la donnée première, et d'ailleurs sa ligne
conductrice s'impose avec une telle rigueur
que celles-ci ne pourraient s'en écarter.
Antoine Ferlier ne pouvait se soustraire
aux exigences de son type littéraire, quand
ses yeux, traduisant son désir, disent à
Grâce, après trois années d'abandon : « Eh
bien oui, je vous ai trompée, je vous ai

trahie, je vous ai humiliée, je vous ai dé-
testée, je vous ai quittée, je vous ai oubliée,
autant qu'un être humain peut oublier un
autre être... A présent je ne désire plus
que vous... Je veux vous faire souffrir
encore : en ce moment moi-même je souffre
d'une profonde jalousie... Je suis votre
maître, car vous ne chérirez plus personne
comme vous m'avez chéri. Et je veux que
vous m'aimiez toujours, moi qui depuis
de longues années n'ai pas eu pour votre
détresse lointaine le plus petit regret pi-
toyable ou attendri ! »

A cet accent vous pourrez reconnaître
la série des générateurs immédiats, ceux
à l'influence de qui la faculté inventive de
l'auteur n'avait pas licence d'échapper,
puisque ces voix d'âge en d'âge se répondent avec une vibration qui prolonge en
nous leur écho : Juan de Marana, Valmont,
Richelieu, Effrena, Priola, et nous entendons encore les intonations du dernier en

date, le marquis, distribuant des conseils
à son fils.... quels conseils, et à qui donnés !
C'est la morale du Cruélisme dans l'amour,
à laquelle il faut tout ramener, car si
les instincts nobles, ou *conservateurs* de
l'ordre social, spontanément s'érigent en
lois pour constituer un corps de doctrines,
il en ira pareillement des *destructeurs*, qui
s'opposent aux premiers de toute l'énergie
des révoltés. Pas plus que Valmont, pas
plus que Priola, Antoine Ferlier n'oublie
ce trait de leur commun ancêtre Juan, qui
est de *théoriser*, de formuler des vues
d'ensemble sur la vie... et comme pour
eux la vie se réduit toute à l'amour, sur la
conquête de la Femme.

Pourtant, avons-nous dit, on y peut rattacher quelque variation nouvelle. Et je
crois que notre auteur en a découvert une
qui pourrait faire envie à M. d'Annunzio
lui-même. C'est quand, durant une soirée
masquée, Antoine déclare sa passion à celle

qu'il croit être une amie de Grâce, vêtue des
mêmes dominos et des mêmes capuchons
rabattus sur des loups à longues dentelles :
« Antoine m'avait reconnue, s'écrie la jeune
femme, il me parlait malgré moi, sa
bouche sur ma bouche. Il murmurait:
« Eh bien, oui, je t'ai prise pour une autre.
C'est bien à elle que s'adressait mon désir,
qu'allaient mes paroles et mes baisers.
Mais elles n'auraient pu être si brûlantes,
ils n'auraient pas été si profonds, si je ne
t'avais pressentie sous ce velours obscur,
comme on devine la lune argentée sous le
nuage qui passe. »

Voilà l'élément intellectuel qui vient
s'ajouter au sensible, en manière de raffinement, et pour pousser jusqu'au dernier
degré de l'aigu les pointes extrêmes de la
volupté. Par delà cet épisode, on ne saurait rien imaginer qui demeurât du domaine
littéraire. C'est peu que posséder l'objet
convoité, et d'un regard scrutateur observer

les frémissements de ses nerfs, car répé-
tition engendre monotonie, et, suivant une
loi trop souvent vérifiée, la possession
éteint la passion. A ce risque d'affaissement qui menace son amour, Antoine
Ferlier viendra donc opposer le rehaut des
complications sensuelles, et la plus active
de toutes, celle des larmes qui emplissent
de beaux yeux, larmes versées pour son
amour! Ici, par une interversion des lois
naturelles, l'amant ne poursuit plus le
bonheur, mais la torture de son objet, et
si les sanglots viennent aviver le frémis-
sement de la machine nerveuse, c'est encore
un témoignage nouveau, ajouté à tant
d'autres, de sa main-mise sur elle. Il serait
logique qu'un tel enchaînement d'états
morbides trouvât sa conclusion dans la
plus farouche des haines, et nul doute
qu'avant peu Grâce Mirbel n'arrive à détes-
ter celui qu'elle enveloppe de son mépris.
Mais l'auteur n'a pas voulu pousser jus-

qu'à cette suprême étape le développement de ses personnages, et leur histoire
s'achève sur une étreinte plus passionnée
encore que les précédentes...

Domination... Servitude amoureuse...
Esclavage des sens... c'est donc ce que
décrit, d'un bout à l'autre de ces pages,
le roman de Mme Henri de Régnier.
Affaissement de l'être moral, prédominance de l'instinct, pourrait-on ajouter,
car la servitude amoureuse à ce degré ne
se différencie guère du pur instinct animal
que par les nuances d'expression qu'y
surajoute le conteur. Somme toute, c'est
la même idée, mais traduite par des moyens
différents, que chez Mme de Noailles.
Antoine Ferlier est tout aussi esclave de
la sensation qu'Antoine Arnault, également
ligoté par l'impulsion, non moins victime
de l'instinctivité. Les circonstances sont
différentes, le décor est autre... surtout
l'accent ; mais la psychologie foncière est

identique. Gràce Mirbel, qui pourtant lutte, mais d'avance est vaincue, nous apparatt à la merci de ses instincts, tout autant que Donna Marie ou l'institutrice Émilie. Aux prises avec l'amour, les uns comme les autres n'ont guère que des réflexes, de soudaines détentes, et certes nous n'ignorons pas que la plupart des hommes sont ainsi. Mais le piquant, c'est de voir une jeune plume féminine noter avec ce cruélisme désabusé l'impulsivité virile. De tout autre, sans doute, n'en aurions-nous aucune surprise, et j'en sais qui soupçonneront quelque attitude à cet obstiné parti pris. Il est si tentant de donner une image de soi-même différente de celle qu'on attendait. La seule excuse de Mme Henri de Régnier est d'avoir étendu à son héroïne l'empreinte dont elle n'hésite pas à marquer son héros.

Seul échappe à l'étreinte de la sensation exclusive le soupirant Charlie, de qui le

désir s'ennoblit de courage et de dévouement — dévouement, parce que, si jeune,
on s'oublie volontiers soi-même...courage,
parce qu'il s'agit de prouver à l'adorée
qu'au prix de son amour nul risque ne saurait compter ; Charlie, qui serait une figure
unique, s'il ne descendait en ligne directe
de trop illustres modèles : Charlie-Chéru-
bin, filleul d'une belle marraine, et plus
encore, Charlie-Fortunio, cousin d'une si
tendre cousine ; Charlie, « le cavalier servant, cet enfant inoccupé qui, entre l'éducation finie et une carrière à choisir, passait
son temps à ramasser l'éventail de sa belle
cousine ou à lui plier son châle à franges... »
Charlie, toujours présent et qui irrite
les nerfs d'Antoine-Clavaroche. Familières
images ressuscitant dans nos songes avec
les traits précis de ceux qui, au temps de
notre adolescence, déposèrent en nous le
charme de leur première empreinte ! Ce
sont illustres répondants, sous l'invoca-

tion desquels l'auteur d'*Esclave* place son
jeune héros — car il est impossible que
Mme Henri de Régnier, qui d'autre part
se rattache si évidemment à la tradition de
notre génie français, n'ait point voulu par
là rendre hommage à deux noms qui en
sont les représentants immortels.

En présence de tels héros, si délicats et
si sensibles, tout soupçon de violence ou
de froissement brutal se trouve écarté de
la notion d'amour, par où justement, dans
les habituelles rencontres, elle nous paraît avilie, et pour tout dire empreinte
d'une grossièreté tant soit peu répulsive.
Chez eux la part d'instinct se trouve
réduite au minimum. Transposé dans le
domaine exclusif du sentiment, il aura tôt
fait d'y perdre cette brusque violence,
cette impériosité, ce despotisme, qui d'ordinaire régissent les impulsions passionnelles. Pourtant la différence de méridien
fait couler dans ses veines un sang plus

impétueux et, quand il traduit son désir, c'est en des termes qui de deux tons au moins montent Fortunio : « J'ai dix-neuf ans et je voudrais vous protéger, me dévouer pour vous » : voilà bien Fortunio. Puis, « Je voudrais que vous m'aimiez... que vous m'aimiez, pardonnez-moi... de tout votre corps. » — Ah, cela, c'est du Charlie tout pur, car jamais tel aveu ne fût sorti de la bouche qui murmurait ses déclarations à Jacqueline. De quoi lui serviront d'ailleurs et le dévouement, et la sincérité de cet amour ? A l'issue du duel qui met face à face les deux adversaires, c'est pour Antoine seul que tremble Grâce Mirbel, et c'est dans ses bras qu'elle s'effondre, décidément vaincue !

Gardons-nous des apparences et défions-nous des catégories où, d'après leur forme, on enferme les œuvres de l'art. Au-dessous d'un titre comme cette *Esclave*, l'éditeur qui fait appel au public et se

préoccupe des meilleurs moyens en vue
d'atteindre son objet, inscrit délibérément
ce sous-titre : *Roman*. Sait-il pas en effet
que, parmi les quelques centaines ou
quelques milliers de lecteurs qui forment
la clientèle d'un auteur d'imagination, la
grande majorité vient chercher dans ses
livres *l'histoire* qui la pourra divertir un
instant? Donc il importe de souligner le
genre où se classe le livre qu'on lui vient
proposer. Mais la critique, qui ne saurait
tenir compte d'un tel point de vue, qui justement fut inventée pour donner aux
œuvres de l'esprit leur véritable cote, non
d'après leur succès, mais d'après leur
valeur, se tient un autre raisonnement, en
analysant le genre de plaisir que lui pro-
cure *Esclave* :

Qu'y a-t-il de commun, songe-t-elle,
entre cette *Esclave* et la multitude des ouvrages qu'on nous présente revêtus de la
même estampille ? Sans doute y voyons-nous

comme ailleurs des personnages en rapport de conflit passionnel, car il faut bien,
de toute rigueur, donner son affabulation
à un développement littéraire. Mais, tandis
que chez la plupart les faits extérieurs
dominent, et oppriment les faits psycholo-
giques qu'ils sont destinés à traduire, ici
c'est une esthétique en tous points con-
forme à celle que formulait Renan dans
une page de ses *Cahiers de Jeunesse* :
« Je ne sais pas pourquoi les faits et
incidents extérieurs, les péripéties surve-
nant sans être un pur développement psychologique, me choquent dans le Roman
et le Drame. Je voudrais que ce fût le
simple développement de la passion se
peignant par des faits extérieurs. » —
Déjà cette sobriété qui déblaie tout accessoire, et subordonne le dehors au dedans,
c'est un des premiers mérites de notre
génie latin, auquel plus haut nous ren-
dions hommage. C'est la conception clas-

sique de l'œuvre imaginative, telle qu'elle
sortit de notre dix-septième siècle français,
et — rapprochement qui prend toute sa
valeur quand il s'agit d'une femme — de
la plume de Mme de La Fayette.

Condensation des effets, sobriété de
l'accent : vertus rares que nous admirons
d'autant plus qu'elles portent ici la signature d'un sexe ayant tendance à se distinguer par les défauts contraires. C'est peu
encore, au prix de l'élégance du style, de
la beauté formelle, qui donne à cet ouvrage
un rang à part parmi les productions
féminines de ce temps. Je détache, en le
soulignant avec intention pour qu'on
s'y arrête, ce portrait de Grâce Mirbel, à
l'époque où Antoine la revoit, découvre en
elle une beauté nouvelle, donc une femme
nouvelle : « Le nez fin, très peu busqué,
respirait la rose épanouie, et les cils noirs
et courbes voilaient les longs yeux baissés.
Il savait, sans les voir, combien ces yeux

étaient beaux. Vert sombre ou clair, ou grisâtre, selon l'humeur de Grâce ou le temps, ils contrastaient si bien avec sa chevelure foncée, toujours abondante et ondée, qu'elle portait ce soir tordue sur le cou en un lourd chignon ! Il voyait inclinée la nuque fière, dont la peau était plus ambrée que celle des joues. Jadis il avait aimé mordre ce cou frémissant, par une sorte de férocité amoureuse. Les formes du buste lui parurent plus pleines, mais encore d'une minceur élancée. Et le bras qui sortait, nu et arrondi des dentelles courtes de la manche, était ce même bras si blanc, si lisse et si délicatement charnu, qu'on désirait le respirer comme une fleur encore en bouton. »

Vous suivez les scrupules de l'exécution chez l'artiste. Dans un temps où la plupart des œuvres d'imagination dénotent la hâte avec laquelle elles furent écrites, où de plus en plus on méconnaît le principe fondamental de toute esthétique : que la Forme seule peut imprimer la durée aux œuvres de l'esprit, c'est déjà un mérite singulier que d'en connaître la vertu. Mais lui rendre témoignage en un livre où précisément l'exécution correspond au double principe de notre génie français, résumé dans ces deux mots : *sobriété* du détail, *pureté* de la forme, c'est assez pour qu'à ce premier sous-titre : Roman, nous puissions substituer celui de *Poème en Prose*. qui plus exactement fait justice à son mérite.

MADAME MARCELLE TINAYRE

IV

MADAME MARCELLE TINAYRE

Quand Victor Hugo, *paterfamilias* et pontife de plusieurs générations, prononçait ses fameuses paroles sur l'indéfectible rigueur des haines littéraires, c'était en un temps où la production féminine ne se manifestait que comme fait isolé, d'autant plus remarqué peut-être, mais qui n'inspire nulle crainte de concurrence. L'attitude d'une George Sand passant la culotte du sexe fort pour mieux rehausser de virilité sa coquetterie féminine, en dit long sur la Femme-auteur aux belles années du Roi Citoyen... et la Gloire elle-

même qui lui réservait des statues là où
tant d'autres n'eurent même pas leur buste,
par ses faveurs marquait assez qu'il n'est
pas de limite à ses caprices. Devenue
vieille et châtelaine de Nohant, l'auteur
d'*Indiana* voulut bien reconnaître que la
Fortune avait souri à sa carrière. Aussi
n'existait-il alors qu'une George Sand.
La Femme venant s'offrir au jugement
public une plume à la main, c'était un
peu, comme de nos jours, celle qui, vêtue
de la toge, erre à travers les corridors du
Palais; on braque les yeux sur le phénomène, pour voir si tant de plis superposés
sont agréables au regard. Volontiers les
confrères s'arrêtent pour coqueter avec
elle, parce qu'il est reposant d'agrémenter
de quelque diversion les démarches pro-
fessionnelles. Mais on sait bien que le
temps n'est pas proche où les dossiers
rémunérateurs viendront arrondir sa ser-
viette d'avocat. Le jour où cette hypo-

thèse menacerait de devenir réalité, on verrait alors ce qui subsisterait de la légendaire galanterie française.

Tous les groupes sociaux sont, en effet, construits sur un plan à peu près identique. C'est dire qu'ils relèvent du même principe économique : dès que la concurrence est organisée, les mesures de protection interviennent. Qu'une femme bénéficiât de la renommée littéraire, on l'avait déjà vu, on l'admettait parfaitement. Mais qu'elle connût du même coup et la réputation et les succès de librairie, cette fois c'en était trop : il importait d'y mettre ordre. Non qu'il existât, même dans la pensée des moins habiles, une corrélation nécessaire entre la valeur d'un ouvrage de l'esprit et le chiffre de ses éditions : on pourrait citer tel manœuvre, tel spécialiste du feuilleton, dont les tirages sont considérables, et que nul cependant, sauf lui sans doute, ne songe à faire rentrer dans le

9

genre littéraire, tandis que la clientèle
payante des œuvres critiques d'un Barbey
d'Aurevilly, monument durable dans l'avenir, ne suffit pas à couvrir les frais d'impression. Pourtant ce qui parut le moins
acceptable, ce fut que, sur le marché littéraire, la femme pût devenir la concurrente
de l'homme, et cette hypothèse sembla
plausible, dès l'instant que la femme-auteur ne se manifesta plus comme un fait
isolé, mais comme un phénomène collectif.

Voyez plutôt, interrogez éditeurs, librai-
res, aux vitrines desquels couvertures
jaunes et bleues sollicitent le regard du
passant. Ils vous diront — vous pourrez
constater d'ailleurs — que les signatures
féminines se présentent en imposant bataillon. Nous avons de jeunes poétesses
pour qui le lancement du premier volume
coïncide avec l'abandon des jupes courtes,
et qui, le plus gravement du monde, ana-
lysent les mouvements de l'âme avant

même de les avoir pu ressentir. Effrayante précocité! Miracle du petit prodige! Dieu sait les monstres qu'elle nous prépare! Je ne vois rien de plus inquiétant que le désenchantement de la maturité sur de jeunes visages, et ces traits déjà flétris par les rides, quand les joies de la vie les devraient seules illuminer. Comme jadis les études de notaires se passaient héréditairement, suivant une tradition consacrée, ce sera bientôt l'écritoire de l'auteur qui constituera l'héritage, et la transmission se fera plus naturellement encore dans l'ordre du sexe faible.

Je reviens à cette forme particulière de la lutte pour la vie qu'est un livre imprimé. On se rappelle les incidents qui accompagnèrent le projet de décoration en faveur de Mme Marcelle Tinayre, menus faits parisiens, comme chaque jour nous en voyons surgir, sans importance apparente, mais étrangement expressifs parfois et curieusement révélateurs par leurs prolongements sur l'âme humaine. Bien plus que le signe, ce qui importe ici, c'est la chose signifiée. Il était difficile d'admettre qu'un simple ruban dont nous voyons à chaque promotion fleurir la boutonnière de tel plumitif n'ayant d'autre titre que l'appui de ses recommandations politiques, eût soudain le pouvoir de provoquer tant de clameurs. Cette distinction n'était, comme on dit couramment, que la goutte d'eau grâce à quoi déborde le vase, le vase des jalousies et des rancœurs, et l'auteur de la *Maison du Péché* allait être le bouc émissaire de tant de rancœurs accumulés. Basses besognes, pour lesquelles s'entendirent, comme larrons en foire, les plus méprisables plumes du Journalisme ! Il est telle circonstance où l'on est assuré de rencontrer certains noms, comme tels lieux de réunion ne se peuvent même concevoir sans le groupement de certaines têtes. Faut-il ajouter que ce qu'il y a de plus médiocre dans la littérature féminine se garda bien de manquer à l'appel ? « La Haine emporte tout », observa-t-on justement, puisque la haine est entre les hommes un lien plus fort encore que l'amour.

Pour une fois ils ne se trompaient pas d'adresse et leur trait portait juste — *juste,* entendons-nous bien, par l'importance du point visé, car Mme Marcelle Tinayre est sans conteste, par la qualité et la formation du talent, la plus vigoureuse, la plus virile des plumes féminines qui se sont révélées dans ces dernières années. Ce fut un de mes étonnements, je ne le cache pas, à la première lecture de la *Maison du Péché*, qu'une femme eût pu concevoir avec cette force, réaliser avec cette vigueur. Un tel ouvrage m'apparut d'abord une sorte de démenti apporté à l'habituelle psychologie de la femme. D'un tel point de vue, je ne pouvais me défendre de lui attribuer un intérêt supérieur, en dehors même du sujet traité, et qui dépassait de beaucoup la personnalité de son auteur, pour s'étendre à toute une catégorie d'esprits similaires. Et ce n'était pas là seulement besoin de généraliser, que connaissent ceux qui voient avant tout dans l'œuvre d'art une psychologie en action... C'était aussi constatation de la plus évidente réalité.

Mme Marcelle Tinayre n'est pas de celles qui, étant femmes et pourvues du don littéraire, entendent se limiter à un domaine spécial, plus particulièrement réservé à la femme, de celles qui, penchées sur elles-mêmes et mettant la main sur leur cœur pour en suivre les battements, ne font à vrai dire que transposer leurs émotions. Nous en avons vu des exemples où s'affirme avec éclat la psychologie de la Femme-auteur. Mme Marcelle Tinayre a d'autres ambitions — et c'est peu d'avoir les ambitions... elle a encore le talent de ses ambitions. Sous une enveloppe féminine elle dissimule un tempérament viril, le seul réellement viril que nous comptions dans notre littérature féminine, et la meilleure preuve que j'en puisse apporter, c'est que son art littéraire, aussi bien dans sa conception première que dans sa réalisation, présente ce double caractère de la virilité créatrice : il est *objectif*, étrangement objectif, et il sait être *intellectuel*.

Ne sort pas de soi-même qui veut ! Et sortir de soi-même, c'est la condition première de tout art objectif. Se représenter des états d'âme différents de ceux que l'on éprouve, des suites de réactions opposées à celles qui constituent notre mentalité, ce n'est pas seulement la condition de tout art objectif, mais encore de toute compréhension intégrale de la vie !... Un grand critique de ce temps, à la fois illustre et méconnu, celui de qui tout à l'heure nous prononcions le nom, a écrit ces paroles mémorables : « Si le mot de Pascal : Le Moi est haïssable, était vrai, il emporterait du coup toute la littérature personnelle et savez-vous ce qu'on y perdrait ? Savez-vous de quoi elle se compose ? Elle se compose de tout ce qui est lyrique et élégiaque, la plus immense part de la poésie humaine. » Beau mouvement par où se traduit une vérité à laquelle nul plus que nous ne saurait rendre hommage, quelle réplique aussitôt vient s'inscrire sous notre plume ? Un instant, imaginons par contraste que se trouve restreint à la littérature personnelle le domaine de la création littéraire... qu'est-ce alors qu'on en supprimerait ? le Théâtre... qui est de tous les temps, et le Roman presque entier. Je sais qu'il est assez de mode et d'attitude aujourd'hui, parmi les artistes de lettres, de marquer un dédain pour un genre qui, plus que. tous les autres, se subordonne aux goûts du public. Encore serait-ce une question de savoir lequel des deux réagit le plus énergiquement sur l'autre et si l'autorité d'un seul venant s'affirmer à ce public avec la marque du génie, ne le mâterait pas d'un despotisme au moins égal à celui dont il s'impose à ses fournisseurs attitrés.....

La littérature objective, cette forme d'art où l'imagination de l'auteur lui permet de dresser debout des personnages parfaitement différents de lui-même, et s'opposant entre eux par la stature physique autant que par la contexture morale, c'est tout simplement l'œuvre balzacienne, triomphe de la virilité créatrice et qui égale en majesté les plus riches monuments du passé. Balzac,... Shakespeare... voilà une équation (1) qui tout d'abord scan-

_____

(1) Nous n'avons pas osé y insister dans nos *Essais sur Balzac* qui remontent déjà à une quinzaine d'années. Mais plus le recul se fait, plus cette équation apparaît légitime.

dalisa, mais aujourd'hui ne fait plus difficulté. Il fallut des années pour que l'on
s'y accoutumât, car la Gloire durable ne
s'acquiert pas tout d'un coup : c'est seulement par le lent et progressif travail de
l'opinion que la statue d'un grand homme
prend les proportions qu'elle doit garder
dans l'avenir, alors même que les hom-
mages officiels l'ont déjà dressée sur son
socle. Maintenant nous sommes fixés sur
elle, et nous avons pris sa mesure qui
l'apparente aux plus grands des humains.
Qui voudrait, en effet, sacrifier ce Balzac
et sa merveilleuse puissance objective au
génie le plus féminin, le plus personnel de
la littérature contemporaine, un Musset,
de qui tous les héros ne sont qu'une transposition de lui-même ?

Inversement, et pour nous tenir à des
noms moins illustres, que sont donc les
personnages de Mme de Noailles sinon
une altération de sa propre sensibilité, vue

et repensée à travers ses auteurs ? Une
analyse abondante autant que minutieuse
nous permit de reconstituer en elle la
chaîne des influences romantiques directes
et de leurs succédanées, qui contribuèrent à
ce miracle d'artifice littéraire que représente un roman comme la *Domination*. A
quel point, mais d'autre façon, Mme Henri
de Régnier est objective aussi, nous avons
pu le voir à l'examen de son roman : *Esclave*. Elle ne l'est pas par assimilation
d'influences et de culture, mais par la con-
centration d'un art où trois figures en contraste suffisent à créer l'intérêt (1).

Combien différente la méthode de
Mme Marcelle Tinayre ! et quand j'inscris
ce mot : Méthode, je sens toute l'insuffi-
sance, toute l'impropriété d'un terme qui
semble marquer je ne sais quoi de voulu,

(1) On ne saurait imaginer deux talents plus divers
que Mme de Noailles et Mme Henri de Régnier, bien
que leur point de rencontre soit l'exaltation de l'art
personnel dans la transposition du roman.

d'artificiel, contraire à la réalité des faits.
Une méthode, c'est quelque chose de froid,
de réglé, comme toute discipline d'esprit
se subordonnant à la logique, tandis que
création d'art, chez un être vraiment doué,
est synonyme d'impulsivité, d'ardeur où se
manifeste une part d'inconscience. Malheur à celui qui ne se sent pas, à certaines
heures, entraîné par une force supérieure
à la raison, qui se flatte de pouvoir constamment tenir en main ces rênes intérieures
qui gouvernent l'imagination ! Si l'auteur
de la *Maison du Péché* compose à la façon
d'un Balzac ou d'un Flaubert, c'est que
les exigences de sa nature littéraire l'y
entraînent invinciblement. Sans doute
trouve-t-on dans ce vigoureux roman des
figures centrales sur qui se concentre l'intérêt : quel est le tableau composé où, sur
les premiers plans, la lumière ne vienne
irradier les personnages ? Ainsi toute l'émotion, tout le pathétique du drame, c'est de

savoir ce qu'il adviendra du conflit passionnel où sont engagés Augustin et Fanny,
âmes adverses, toutes passionnées qu'elles
soient l'une de l'autre : en voilà assez pour
créer un intérêt d'intrigue qui. nous tient
en haleine. Mais ce n'est pas une raison
de négliger le second plan, et comme
Mme Marcelle Tinayre aime à sortir d'elle-
même, que d'ailleurs elle y excelle, voici
des figures accessoires qui ne sont guère
moins attirantes. Elles ne se trouvent pas
là par obligation de créer un milieu, et
parce qu'il faut de toute nécessité expliquer
ses personnages. Non point : elles vivent
d'une existence distincte, individuelle, et
bien que se rattachant au groupe central
par cette solidarité qui fait l'unité d'un ouvrage, on les pourrait concevoir comme
autant de petites esquisses détachées, se
suffisant à elles-mêmes.

Lorsque le peintre de Drame et d'Histoire prépare une de ces vastes compo-

sitions que Delacroix appelait les *Grandes Machines* (1), il s'applique, après l'esquisse d'ensemble, à réaliser séparément chacune des figures qui doivent collaborer à la totalité de l'impression. Il peut advenir alors que, cédant à ces tentations qui suivent les trouvailles du pinceau, il s'attache à l'une d'elles plus qu'il ne conviendrait, quand elles seront reportées au plan qu'exige leur valeur propre. Plus tard en effet, dans la réalisation définitive, la beauté du tableau sera faite, non seulement de l'expression de chacune, mais aussi de l'harmonie des rapports qui les unissent entre elles. Pareillement dans la *Maison du Péché*, tous ces personnages accessoires, Marie-Angélique, la mystique et implacable Marie-Angélique, Forgerus l'ultrajanséniste, Vitalis, Jacquine, tout à la fois si tendre et si rude, les Courdimanche,

(1) Dans notre Préface au *Journal d'Eugène Delacroix*, nous avons développé l'idée qui n'est ici qu'indiquée.

Barral, ont bien l'empreinte et l'accent de la vie pour quiconque se plaît à les considérer isolément. Je n'en veux qu'une preuve, c'est que nous ne les oublions plus, qu'une fois silhouettés par le crayon aigu du dessinateur, qui fait saillir leur mimique expressive, ils reparaissent, à chaque allusion, dans leur réalité de chair. Si personnel est leur accent qu'un nouvelliste à la Française, doué du pittoresque concis qui fit un Maupassant, pourrait en chacun d'eux trouver la matière d'un de ces contes où se reflète toute une existence. Combien plus vive apparaîtra cette empreinte, combien plus marqué cet accent, si nous les rattachons au groupe central, qu'ils complètent sans doute, mais dont ils tirent également leur éclat.

Pour fortifier mon raisonnement, je vais prendre un exemple illustre, dont j'entends qu'on veuille bien ne pas déduire plus de conséquences que je n'en vois moi-même.

Comparer n'est pas égaler, et ce n'est pas un motif, si nous établissons une analogie entre la facture d'un ouvrage moderne et celle de quelque devancier fameux, pour que nécessairement on en déduise une équivalence : affaire de nuances que chacun comprendra ! C'est ainsi que, dans *Madame Bovary*, les figures de second ordre : Homais, Bournisien, le père Rouault, sans pourtant dépasser le plan où sut les maintenir un merveilleux instinct de composition, présentent l'intense relief qui les rend inoubliables, presque au même titre que les protagonistes de l'œuvre : Emma, Rodolphe et Léon.

Je ne regrette pas d'avoir cité ce roman fameux, car s'il est ouvrage d'imagination ayant exercé quelque influence sur Mme Marcelle Tinayre, c'est, à n'en pas douter, *Madame Bovary*. Il serait aisé de montrer, citations en mains, que la technique de la *Maison du Péché* est sensible-

ment analogue à celle de Gustave Flaubert.
C'est le même procédé de composition
par *Portraits* détachés où s'affirme un
extraordinaire don visuel, par *Descrip-
tions* de nature, isolées en apparence,
mais liées intimement aux minutes pathé-
tiques du drame, enfin par *Morceaux*,
exécutés avec ce souci de leur donner une
exceptionnelle importance (1). Et je ne prétends pas — chacun me comprendra —
qu'il existe le moindre parti pris chez

(1) Je détache ce simple passage — mais on en pourrait
joindre dix autres d'identique réalisation : « Il rentrait
au pavillon, ouvrait la fenêtre, et, penché sur le balustre,
contemplait le précipice noir, les yeux errants dans la
profondeur, une grande étoile immobile et scintillant à
l'horizon. Des imaginations bizarres, coupables peut-
être, lui venaient. Il songeait aux jeunes hommes de
son âge, tout fiévreux d'ambition et d'amour, à ceux qui
veillaient, courbés sur des livres, à ceux qui pressaient
des femmes pâmées dans leurs bras. Il se trouvait si
gauche, si médiocre, il était si ridicule sans doute aux
yeux de Fanny. L'aimerait-elle jamais ? » — Que ceux-là
qui ont eu le culte de Flaubert se rappellent certains
repliements d'Emma Bovary et de Frédéric Moreau :
dans l'*Éducation Sentimentale*... Ils sentiront aussitôt
l'analogie.

notre auteur de plier son esthétique à celle
d'un maître admiré, ou qu'une fréquentation trop assidue ait marqué une de ces
empreintes par où s'accuse la plasticité féminine. Nullement, c'est simplement analogie d'esthétique, rencontre de tempé-
raments, qui fait qu'à cinquante années de
distance, deux natures bien françaises et qui
toutes deux méritaient d'être normandes,
associèrent leurs images en obéissant à
d'identiques exigences. La grande loi de la
Liaison des Idées commande tous les cerveaux humains, celui de l'artiste avec une
rigueur plus évidente encore. Douée de qualités visuelles qui l'apparentent d'étrange
façon à Gustave Flaubert, Mme Marcelle
Tinayre associe ses images conformément à l'esthétique de *Madame Bovary*.
Cette simple constatation n'a rien qui
la puisse diminuer. Il n'est pas jusqu'au
style qui, par son accent, sa musique et
certains rythmes ou façons de conduire la

phrase, ne découvre de saisissantes analogies, surtout pour une oreille qui, dans sa première jeunesse, fut bercée au son de ces cadences.

Pour rendre témoignage de vigueur créatrice, il n'est pas que ce pouvoir de s'extérioriser. Prenons les plus illustres entre les ouvrages de l'esprit, ceux où nous avons voulu voir les garanties de cette virilité ; pas un qui n'ait un puissant support intellectuel. D'un tel point de vue, la loi de production va se formuler ainsi : toute grande œuvre apparaît comme la combinaison des deux éléments qui créent la personne humaine : Intelligence et Sensibilité. Jadis, l'esprit classique, modelé par la discipline purement logique des dix-septième et dix-huitième siècles français, attribuait à l'intelligence la place prépondérante : la littérature de ces deux siècles nous en est une preuve suffisante. Aujourd'hui les travaux des psychologues,

fondés sur l'observation directe de la vie,
sur l'éveil de la conscience chez l'enfant,
et trouvant d'ailleurs leur meilleure justi-
fication littéraire dans l'épanouissement
romantique du dix-huitième siècle, recon-
naissent, dans la vie émotive, l'assise
de toute personnalité, comme le tuf où
l'intelligence vient plonger les racines qui
fortifieront son développement.

Encore une fois, je prie qu'on ne me
fasse pas dépasser ma pensée, dire ce que
je n'ai pas voulu dire. Je n'ai voulu que
marquer des analogies pour préciser cette
pensée. De ce qu'un ouvrage signé d'un
nom féminin comme la *Maison du Péché*,
présente, dans l'exécution et dans la conception même, quelques traits communs
avec telle œuvre fameuse consacrée par le
temps, il n'en faut pas tirer plus de conséquences que cette analogie n'en comporte. Je tiens seulement à souligner les
raisons pour quoi Mme Marcelle Tinayre

est la plus virile des plumes féminines d'aujourd'hui.

Qu'est-ce en somme que ce roman : *la Maison du Péché*? Un problème de psychologie amoureuse, dont la solution se subordonne à des données si précises et si fortes, qu'il devient impossible de les modifier, si peu soit-il, sans altérer la vraisemblance des crises passionnelles qui vont se succéder, données où les éléments intellectuels font équilibre à ceux de la sensibilité. Et ceci encore est une preuve de virilité chez notre auteur, que se trouvent requises, pour goûter la pleine saveur de son œuvre, des facultés n'ayant d'habitude qu'un rapport éloigné avec les ouvrages de pure imagination.

Voici un jeune homme élevé par une mère ultra-janséniste, suivant les principes de la plus sévère discipline morale, celle qui voit dans l'œuvre de chair l'irréparable

souillure, la cause d'éternelle damnation.
— « Chaste entre les chastes — c'est le
principal portrait de la mère d'Augustin —
restée vierge de cœur, Thérèse-Angé-
lique conservait du mariage et de la maternité un dégoût invincible pour l'œuvre de
chair. Elle ne voyait dans l'amour qu'une
fonction basse et ridicule, la marque de la
bête que le sacrement même n'efface pas
tout à fait ? » Son fils Augustin a atteint
l'âge viril sans perdre sa fleur d'innocence,
élevé par les soins du janséniste Forgerus,
mais sans soupçonner — car l'occasion ne
s'en est point offerte — les sources vives
de tendresse qui se dissimulent en lui.
L'esprit sceptique du Boulevard a pu sourire de cette conception sans marquer
autre chose par ce sourire qu'une parfaite
méconnaissance de l'âme humaine, car il
a de tout temps existé, aujourd'hui même
il existe encore plus d'Augustins qu'on
n'imagine : « Un jeune homme, fervent

chrétien, rencontre une jeune femme belle
et désirable, il ne voit pas sa beauté, il ne
la désire pas. Il souffre de la sentir réti-
cente, réfractaire, et par d'innocents sub-
terfuges, il s'efforce de lui arracher un
aveu. Bientôt le salut de cette créature lui
devient plus cher que sa propre vie. Il
veut la jeter dans le giron de l'Église,
l'associer à la communion des Saints. Et
ce prosélytisme ingénu, cette sollicitude
qui s'ignore, cet inconscient appétit du
sacrifice, c'est l'amour ! »

En face d'Augustin, la voici donc cette
jeune femme qui, par une rude expérience
et dès le premier âge d'aimer, a connu les
tourments de la vie. Cette vie, elle la sait,
autant que lui l'ignore, et bien qu'elle en
ait souffert, elle ne l'a pas prise en dégoût.
Son unique désir, c'est de la recommencer
au point même où ses malheurs l'ont
laissée. Comme Fanny est une nature
noble, elle ne la conçoit qu'illuminée du

sentiment qui vraiment l'ennoblira. Mais
en même temps, c'est une âme profondément anti-religieuse, ou plutôt a-religieuse,
pour qui demeure lettre morte toute notion
d'au-delà.

Tels Augustin de Chanteprie et Fanny
Manolé, vivantes données d'un passionnant
problème. Il faut souligner cette épithète :
vivantes. — Car il ne s'agit pas ici d'êtres
abstraits, imaginés pour mettre une thèse
en valeur. De l'un à l'autre intervient la
souveraine, l'inéluctable fatalité d'amour.
Nous avons alors la suite rigoureuse, dé-
duite avec une force étrange chez une femme,
force *intellectuelle*, non plus seulement
sensible, des états passionnels et des
crises qu'elle comporte, présentant un
caractère de logique auquel on ne saurait
rien modifier sans altérer du même coup
la portée comme la signification de l'ouvrage.

Et c'est d'abord l'enchantement des premières initiations, tout le côté mystique et tendre, exclusivement tendre, d'une âme vierge qui pour la première fois s'ouvre à l'amour. C'est la révélation de la grâce, de la beauté féminine, du charme puissant et doux qui se dégage du *mundus muliebris*, surtout pour l'homme demeuré longtemps chaste. Mme Marcelle Tinayre, l'a senti et délicatement rendu. Non, ce n'est pas un vain symbole, celui de la force inhérente à la chasteté, de la puissance de prise que donne sur le monde une énergie qui ne s'est pas dispersée aux dépenses sexuelles. En ce sens, le beau mythe de Parsifal n'est que la plus glorieuse illustration contemporaine d'une vérité qui persiste à travers les âges, dont nous sentons l'immortelle portée dès la première défaillance du héros, quand les bras souples de l'Enchanteresse inclinent cette tête junévile sur son sein parfumé... Ce sont ensuite les joies de former une âme, de la plier à son idéal, de

croire du moins qu'on atteindra à la convaincre : décevant espoir, car on ne transforme pas l'essence d'un être...on ne saurait qu'y ajouter, et la visite à Port-Royal,
le plus beau morceau du livre à mon avis,
n'est qu'un délicieux tableau psychique,
où deux âmes se confrontent entre elles,
sans aucune chance de se pénétrer. De
toutes les formes de pensée, la forme
religieuse est la plus incommunicable,
celle qui exige le plus de don pour être
entendue dans son sens intime, et quand
le jeune homme exalte devant sa bien-
aimée les délices de la communion en Dieu,
comment toucherait-il de son idéal supra-
terrestre une âme dont les appétitions se
resteignent toutes à la terre. Vient enfin la
révélation foudroyante de l'homme *complet*, avec ses exigences qui se manifestent
dès la première possession... et c'est vraiment d'une profonde connaissance de la
psychologie virile, cette brusque audace

succédant à tant de timidité, cet impérieux
accent que commande la voix de l'instinct
dès que la beauté dévêtue de Fanny lui
vient proposer ses attraits : soudaine interversion des rôles que je n'eusse point tant
admirée sous la plume d'un écrivain de
mon sexe, mais qui force mon admiration,
venant de Mme Marcelle Tinayre. Je sais
peu de tableaux comparables à cette scène
d'abandon dans la Maison du Péché, pour
nous convaincre que cet abandon est un
instant de brève folie.

Folie, n'en doutez pas, chez tout homme,
diront les adversaires déclarés des sens,
les disciples de Forgerus et de Thérèse-
Angélique, combien plus grave, irréparable à vrai dire, chez ces amants excep-
tionnels, puisque de cet instant datent
leurs intimes tortures ! Pour eux désor-
mais, il n'y aura plus que tortures, douleur d'aimer succédant aux premières
délices, et si jamais œuvre d'art pouvait

servir à l'édification morale de qui la voit ou l'entend, on ne saurait imaginer tableau plus propre à détourner du mal sacré deux êtres qu'un invincible attrait rapprocha pour les mieux tenailler par la suite. Tortures de la solitude morale et du contraste des natures qui se révèle même dans l'amour..... que dis-je ? surtout dans l'amour et après la possession ! Rancœur de la possession où s'ajoute cette certitude de l'impénétrabilité des âmes, d'autant plus impénétrables que les êtres physiques se confondent plus souvent ! Images de rivalité et de jalousie du passé, cette jalousie plus féroce parfois que celle du présent, qui vient aviver chez l'homme le désir physique que tout exaspère !... Enfin cette volupté des sens, où de moins en moins participent les mouvements de l'âme, atteignant à créer une désagrégation de l'être moral qui va presque jusqu'à la démence, par où l'œuvre de Mme Marcelle Ty-

naire rejoint celles de Mme de Noailles et de
Mme Henri de Régnier, en marquant une
fois de plus cette domination, cet esclavage des sens, négation du profond amour
— car s'il est une loi démontrée en psychologie amoureuse, c'est que la tendresse
dont se nourrit le sentiment se manifeste
toujours en raison inverse de la volupté
qui l'annihile ! Aurai-je atteint à marquer
la forte assise intellectuelle qui permet des
déductions de cette rigueur, et que par là
du moins, le don littéraire de Mme Marcelle Tinayre s'affirme en un saisissant
contraste avec celui de ses rivales ?

Pourquoi faut-il qu'intervienne cette
notion de rivalité, dès que deux talents
sont en face et s'opposent ? Tellement inhérente à notre race que cette douce Terre de
France se présente à nos yeux sous l'aspect
d'un vaste champ d'entraînement, où con-
currents de catégories diverses prennent
leur mesure et préparent leur victoire.

L'heure du concours commence avec le
premier âge pour ne finir qu'avec la Vie.
En vérité, c'est un perpétuel concours que
la vie, où nul n'est assuré, si brillants que
soient ses succès, de tenir le premier rang.
Ce mot dont on use, dont on abuse à notre
époque : « Un tel est arrivé », n'a pas de
sens à y regarder de près, puisqu'il
implique négation du mouvement, et que
par définition la vie est un perpétuel mouvement, une lutte ininterrompue. Aussi
sommes-nous conduits à transposer dans
l'art les conditions mêmes de la vie, et
comme c'est une question vitale, suffisant
à créer l'intérêt d'un ouvrage, de savoir
qui sera le plus fort, qui triomphera dans
la passion qui l'anime, Antoine Ferlier ou
Grâce Mirbel, Augustin de Chanteprie ou
Fanny Manolé, pareillement c'est une manière de concours, organisé entre les deux
talents, qui nous proposent la formule de
leur art.

Il nous suffira de constater qu'elles
atteignent toutes deux à leur but, chacune
avec ses moyens propres, son genre
de sensibilité particulière, celle-ci trans-
posant tout uniment dans ses personnages imaginaires les plus raffinées, les
plus subtiles de ses sensations, celle-là
sortant franchement d'elle-même, pour
créer la forme romanesque la plus objective qui jusqu'alors nous ait été proposée
par une plume féminine. Et si je voulais,
d'un dernier trait, souligner la virilité
créatrice de Mme Marcelle Tinayre, je la
trouverais encore dans ce fait qu'elle inter-
vertit l'habituelle fonction des sexes en
amour, pour donner à la Femme rôle et
fonction *d'Initiatrice*. Avec elle il faut re-
tourner le mot de Nietzsche : « L'Homme
se donne, la Femme prend. » Par les expériences de sa vie antérieure, par les rudes
épreuves qu'elle eut à traverser, par la
connaissance des troubles passionnels en

face du jeune homme qui jusqu'alors les ignora, c'est elle l'éducatrice. Peu importe qu'à l'heure du suprême abandon, lorsqu'en face de sa beauté dévêtue Augustin de Chanteprie obéit au seul réflexe du désir, peu importe que Fanny Manolé retrouve le geste de ses premières pudeurs... elle n'en fut pas moins *l'Initiatrice*, et cette seule interversion des rôles suffit à lui prêter une attitude qui la distingue entre toutes et dans notre esprit à jamais l'individualise.....

MADAME RENÉE VIVIEN

V

MADAME RENÉE VIVIEN

Cette fois, c'est nous qui devrons sortir de nous-mêmes. Il nous faudra oublier nos habituelles façons de sentir et de penser, si nous voulons atteindre à reconstituer cette exceptionnelle personnalité de notre littérature féminine, Mme Renée Vivien.

> Je reviens chercher l'illusion des choses
> D'autrefois, afin de gémir en secret
> Et d'ensevelir notre amour sous les roses
> Blanches du regret.

Cette pièce intitulée *Atthis*, qui célèbre la mélancolie d'un amour, pourrait servir d'épigraphe à l'œuvre de notre jeune poétesse, car elle traduit l'irréparable tristesse d'appétitions vers un passé que le rêve seul est habile à revivre. De notre existence contemporaine, avec ses inquiétudes, ses tourments, ses angoisses, sa beauté aussi — car tout ce qui lutte a sa beauté propre — voici donc une jeune femme qui se refuse à rien connaître, parce que délibérément elle plaça son amour dans la contemplation d'un rêve. Le mépris ou la haine n'est jamais en nous que la contre-partie de l'amour : l'horreur du présent sera donc faite en elle de tous les regrets du passé. Doctrine qui pourra amener le sourire aux lèvres du philosophe, puisqu'elle s'insurge contre l'acceptation nécessaire, convient-elle pas merveilleusement au poète qui suit les impulsions de son tempérament, qui s'abandonne aux exigences de sa nature ?

Je ne sais rien des goûts, des habitudes, de tout ce qui constitue la personnalité effective de notre auteur, et d'ailleurs, conformément aux principes d'une critique qui s'attache uniquement aux œuvres, je me suis interdit d'en rien rechercher. Pourtant je l'imagine, je la restitue assez bien, et même j'accepterais difficilement que des documents authentiques vinssent contredire l'idée que je m'en fais. Dans une demeure somptueuse, isolée autant que possible des grossiers contacts de la vie contemporaine, je me la représente cultivant avec amour les sensations les plus curieuses et les plus raffinées dont notre machine nerveuse est capable : sensations de la vue, de l'ouïe, de l'odorat, magnifiques correspondances qui nous furent révélées par nos maîtres, Gautier, Baudelaire, j'allais en oublier d'autres, dont elle-même nous vante les surprises :

L'art du toucher, complexe et curieux, égale
Le rêve des parfums, le miracle des sons.

Tapis moelleux qui amortissent les pas,

lourdes draperies qui se relèvent à volonté, s'abattent, assourdissant tout bruit autour d'elles, miroirs qui reflètent et prolongent la beauté, statues et peintures qui fixent le geste et l'immobilisent en son rythme le plus expressif... ce sont là les images, quelques-unes du moins parmi celles qui dans ma pensée viennent s'ordonner harmonieusement autour du nom de Mme Renée Vivien. Si toutefois la réalité de la vie ne répondait pas pour elle au tableau que j'en fais, j'en demanderais pardon à notre auteur, et j'ajouterais : Telle n'en fut pas moins la *réalité de son rêve*. Or, pour le poète, ne le savons-nous pas ? de l'une à l'autre moins grande est la distance que de la coupe aux lèvres pour les autres mortels qui s'acharnent à la poursuite du bonheur ?

Pourtant, ne faut-il pas toujours « rabattre de nos rêves (1) » ? Ah ! comme elle en dut rabattre, celle qui, dans l'horreur

(1) Formule heureuse de M. Maurice Barrès.

du présent, poursuit les images du passé,
et tente de les fixer sous la forme harmonieuse du rythme ! Du fond de la demeure
solitaire où sa fantaisie sut grouper quelques témoignages de son culte, son regard
intérieur pousse au delà des objets qui lui
rappellent un temps trop rapproché de
nous. Statues, miroirs, tentures, tapis,
qu'est-ce que tout cela ? vains et artificiels
témoignages, auprès du désir qui se représente la vie entière comme une harmonie,
où chaque geste est expressif et contribue
à la perfection du tout ! S'être figuré l'idéal
sous ce gracieux symbole : un groupe de
vierges enlacées, esquissant un pas ryth-
mique à l'ombre des lauriers-roses, sous
l'immortel azur du ciel hellénique, et couler ses jours sous l'affreux ciel parisien,
eût-on pris soin par avance d'orner sa
demeure de tous les objets propres à en
faire oublier la noirceur, c'est quand même
un rude contraste ! Pour qui possède la

faculté d'expression verbale, il ne reste plus qu'à fixer son rêve dans la forme impérieuse du rythme, unique compensation de qui ne peut se satisfaire des quotidiens spectacles que la vie lui présente :

> Douceur de mes chants, allons vers Mitylène.
> Voici que mon âme a repris son essor
> Nocture et craintive ainsi qu'une phalène
>   Aux prunelles d'or !
> Allons vers l'accueil des vierges adorées !
> Nos yeux connaîtront les larmes des retours !
> Nous verrons enfin s'éloigner les contrées
>   Des ternes amours !

C'est l'*Invitation au Voyage*... C'est l'*embarquement*, non pour Cythère, mais pour Lesbos. Comme si elle voulait nous montrer que, sous sa plume d'or, la prose française peut avoir des caresses et des douceurs d'accent égales à celles de la plus suave poésie, l'élève de Sapho décrit en prose rythmée le berceau de son héroïne, — « La terre d'où jaillit une fleur sans pareille est en vérité la patrie de la volupté et du Désir, une île amoureuse que berce une mer sans reflux, au fond de laquelle s'empourprent les algues. » — Que de tendresse et de regrets dans ces quelques lignes ! Voici donc une âme qui vint à la lumière du jour deux mille ans trop tard ! Jugez-en d'après ces soupirs ! Que seront-ils pour l'héroïne elle-même ? — « L'œuvre du divin poète fait songer à la Victoire de Samothrace, ouvrant dans l'infini ses ailes mutilées. Comme elles s'allient profondément avec l'aube et le silence, ces paroles trempées dans le parfum des nuits mityléniennes : « Les Étoiles autour de la belle lune voilent aussitôt leur clair visage lorsque, dans son plein, elle illumine la terre de sa lueur d'argent... » En face de l'insondable nuit qui enveloppe cette mystérieuse beauté, nous ne pouvons que l'entrevoir, la deviner, à travers les strophes et les vers qui nous restent d'elle. Et nous n'y trouvons pas le moindre frisson tendre de ses vers pour un homme ! Ses parfums, elle les a versés aux pieds délicats de ses amantes. Ses frémissements et ses pleurs, les vierges de Lesbos furent seules à les recevoir. N'a-t-elle point prononcé ces paroles, si profondément imprégnées de ferveur et de souvenir : « Envers vous, belles, ma pensée n'est point changeante. » Je vous le disais bien que notre prose française enferme une musicalité sans égale, qui ne le cède en rien à celle de la plus suave poésie, quand l'archet qui la fait vibrer frémit sur de certaines cordes. Pourtant j'y veux joindre encore ce fragment lyrique, digne à tous égards d'André Chénier :

O parfum de Paphos ! O poète, ô prêtresse,
Apprends-nous le secret des divines douleurs.
Apprends-nous les soupirs, l'implacable caresse
Où pleure le plaisir, flétri parmi les fleurs !
O langueur de Lesbos ! Charme de Mitylène,
Apprends-nous le ver d'or que ton râle étouffa.
De ton harmonieuse haleine
Inspire-nous, Psappha !

. . . .

On suit l'accent, comme on voit l'Idéal auquel il se subordonne. Un Idéal qui délibérément repousse tout ce qui est de ce temps. Soutiendra-t-on qu'un tel art soit artificiel, artificiel étant synonyme d'insincère, c'est-à-dire conçu à froid, et ne répondant pas aux mouvements spontanés de l'être. Mon Dieu non, pas plus qu'un poème de cet André Chénier que nous citions tout à l'heure, pas plus qu'une aquarelle de Gustave Moreau, où ces âmes, mal satisfaites du présent, et qui avaient leurs raisons intérieures de l'être, célèbrent leur puissance de rêve et leurs regrets des temps disparus !

Il est des esprits myopes, irrémédiablement, pour qui nulle sincérité n'existe, en dehors de la représentation des objets immédiats : conception basse et bien digne d'une époque qui subit le joug avilissant de trente années de réalisme. Gardons-

nous d'en partager l'illusion. Parce que
telle nature répugne, de façon invincible,
aux images que lui viennent proposer les
spectacles de la vie contemporaine, allons-
nous en conclure qu'elle ne saurait trouver
l'éveil de sa sensibilité ? Il suffit qu'elle
découvre le point de contact entre cette
sensibilité et son véritable objet. Quand,
après avoir contemplé les merveilles naturelles de la baie de Naples, lesquelles à
vrai dire ne se sont guère modifiées depuis
l'heure où s'y développait une civilisation
en tout contraire à la nôtre, nous venons
nous recueillir dans la petite salle du
musée qui enferme les fragments épars
des fresques pompéiennes, nous n'avons
pas besoin d'un vif effort d'intuition sympathique pour ressusciter en vivantes
images les groupes humains qui jadis les
animaient : il n'y faut qu'un peu de culture
aidée d'une faculté d'abstraction qui pour
quelques instants abolit le présent. Chez

celle qu'inclinait déjà une prédisposition naturelle, les rives parfumées de Lesbos et l'enchantement des nuits mityléniennes suscitèrent le décor incomparable où les strophes de Sapho, l'antique poétesse, mutilées sans doute, mais radieuses encore de vie comme un beau marbre antique, allaient évoquer des groupements harmonieux.

Léger de poids, mais lourd de substance, le petit volume de *Sapho* nous donne la mesure et la qualité de cette inspiration. Comme un précieux flacon qui longtemps enferma dans son cristal ciselé le plus capiteux des aromes, ses vers dégagent la senteur de l'Idéal qui tout entier s'exprime par eux : « Les Lesbiens avaient l'attrait bizarre et un peu pervers des races mêlées. La chevelure de Psappha, où l'ombre avait effeuillé ses violettes, était imprégnée du parfum tenace de l'Orient. Ses poèmes sont asiatiques par

la violence de la passion, et grecs par la
ciselure rare et le charme sobre de la
strophe. » — Mélange subtil que nous
goûtons aux vers de Mme Renée Vivien.
A vrai dire je ne sais pas d'exemple plus
saisissant de retour en arrière, ni qui
montre mieux ce phénomène singulier : un
écrivain de notre race, vivant parmi nous,
et que nous pouvons coudoyer, sautant à
pieds joints par-dessus deux mille années
de culture, pour nous faire respirer une
âme tout imprégnée des senteurs de
Lesbos ! Les plus fameuses reconstitu-
tions de la vie antique, depuis la *Sa-
lammbô* de Gustave Flaubert jusqu'à
l'*Aphrodite* de M. Pierre Louys, en passant par la *Thaïs* de M. France, ne sont
au prix de ces vers qu'artifice où le travail de l'érudit vient alourdir l'inspiration
du poète : on y sent le coup de diction-
naire de l'archéologue, et tout justement
cet effort qui est le contraire même de la

vie. Rien de pareil chez l'auteur de *Sapho*.
J'imagine qu'un long sommeil de vingt
siècles ait appesanti ses membres, les ait
maintenus dans cette sorte de léthargie
qui se confond avec la mort, tout en laissant
subsister la vie : à son réveil elle n'eût pu
restituer, avec plus de fidélité, les états
antérieurs qui constituèrent sa première
conscience. Je prononçais tout à l'heure
le beau nom de Chénier : je ne vois pas
de meilleur exemple, en effet, ni qui soit
plus frappant, d'assimilation de substance,
pour la transformer en poésie. De quel art
incomparable elle sait se plier au modèle qui
régla cette inspiration ? Plasticité... dira-
t-on... Et certes j'y souscris, mais plasticité
d'ordre unique et vraiment merveilleuse
puisque, tout en épousant la forme de qui
régla cette inspiration, elle fait passer dans
une langue différente l'essentiel de celle-
ci. Comme un musicien, docile au génie
du maître qu'il admire, plie les mouvements

de son rythme au thème initial dont il
tirera ses variations, ainsi notre jeune
poétesse subordonne les accents de sa
lyre à toutes les nuances que lui propose
son modèle. J'en citerai un seul exemple,
qui vaut pour le reste. Voici le thème, ou
fragment saphique : « Et toi, ô Dika,
ceins de guirlandes ta chevelure aimable ;
tresse les tiges du fenouil de tes tendres
mains. Car les vierges aux belles fleurs
sont de beaucoup les premières dans la
faveur des Bienheureuses : celles-ci se
détournent des jeunes jeunes filles qui ne
sont pas couronnées. » — Après le thème,
écoutez maintenant la variation :

Va jusqu'au jardin clair où tu te reposes,
Pare tes cheveux de verdure et de fleurs.
Choisis les parfums, Dika, tresse les roses,
        Mêle les couleurs.

Et si tu veux plaire aux sereines Déesses,
Entoure l'autel des souffles de l'été.
Elles souriront, ainsi que leurs prêtresses,
        A ta piété.

Porte à l'Artémis les sombres violettes,
A l'Aphrodite la poupre des Iris,
A Perséphona, vierge aux lèvres muettes,
   La langueur des lys.

C'est bien comme un tout aux éléments indissociables qu'il faut envisager cette conception de la vie que dans ses vers recrée Mme Renée Vivien, en y subordonnant les forces vives de son être. Et j'admire la souplesse du geste servant à recomposer l'attitude que tant de siècles nous avaient fait oublier : geste qu'auparavant nous vîmes esquissé par d'autres, mais qui sentait son acteur et la préoccupation de tenir un rôle, il est chez elle si spontané qu'il rejette délibérément dans le lointain la vie présente, pour faire surgir au premier plan les images d'autrefois. Tandis qu'un auteur comme Mme de Noailles emprunte aux civilisations disparues certaines de ses images pour les situer dans un décor contemporain, Mme Renée Vivien ferait plus volontiers le

12

contraire. Pourtant il est telle pièce signée
d'elle qui, par son caractère d'universalité,
ne saurait s'inscrire sous aucune date.
Veut-elle par exemple développer les variations qu'enferme ce thème immortel : la douleur de vieillir, sans doute on n'y trouvera
pas les contractions d'un poète à l'inspiration toute moderne, comme Mme Lucie
Delarue-Mardrus, qui prend ses images
à portée de sa main et n'a nul souci du
rythme antique. Seule la pureté de la forme
nous rappellera chez Mme Renée Vivien
les prédilections inhérentes à sa nature :

> Puisque telle est la loi lamentable et stupide,
> Tu te flétriras un jour, ah ! mon lys !
> Et le déshonneur hideux de la ride
> Marquera ton front de ce mot : Jadis !
> Tes pas oublieront le rythme de l'onde ;
> Ta chair sans désir, tes membres perclus,
> Ne frémiront plus dans l'ardeur profonde.
> L'amour désenchanté ne te connaîtra plus.

Si ces vers, d'une étrange perfection
formelle, n'ont pas l'accent déchirant et
contracté de tels autres, qui pareillement

se lamentent sur la déchéance de la beauté, il n'en reste pas moins qu'ils associent, dans une imbrisable unité, la Beauté au Désir, et par conséquent affirment leur conception de l'amour. Mais c'est ici que nous touchons à la véritable originalité de Mme Renée Vivien, celle qui la différencie nettement de ses rivales littéraires.

Quelles que puissent être en effet les divergences d'exécution qui sont liées à la diversité de leur tempérament, ces rivales s'accordent sur un point : l'amour est conçu dans leur œuvre comme une servitude, comme une domination, où l'élément viril exerce une sorte de main-mise dont l'unique contrepoids est la ruse, la duplicité, armes naturelles, moyens de défense que l'instinct du sexe disposa en leur faveur : conception que symbolisa magnifiquement Alfred de Vigny, leur ancêtre, dans ce puissant raccourci : *La Colère de Samson !* Les femmes de Mme de Noailles cèdent avec délice au joug du mal sacré, « tendres corps qui se penchent et avancent, tendus vers les mains des hommes ». Le décor toujours voulu, cherché avec un raffinement intentionnel, au milieu duquel elle nous les présente, n'est à vrai dire qu'une vaste alcôve, où nous les voyons tour à tour succomber en proclamant leur croyance, leur unique croyance à l'invincible pouvoir du Dieu qui les étreint. Les Femmes de Mme Henri de Régnier y font plus de façons peut-être : elles ont un mouvement de révolte contre la force qui va les soumettre. Mais dans l'instant précis où nous percevons leur plainte, nous les sentons vaincues par avance, et déjà tremblantes de leur défaite. C'est peu dire qu'elles acceptent. Tous leurs gestes s'humilient devant la loi de Nature qui créa la hiérarchie des sexes en amour. Et cela, c'est proprement la conception moderne issue d'une culture où se rencontrèrent tant

d'éléments divers empruntés aux Littéra-
tures et aux Religions, à laquelle vient
s'opposer l'antique conception de l'élève
de Sapho. De toute son énergie nous la
voyons qui rejette la servitude, car la grossièreté du Désir répugne à ses sens délicats, et le geste d'amour esquissé par une
main virile implique des froissements
qu'elle refuse d'accepter. Ce n'est pas
seulement amour d'indépendance qui sent
ce qu'elle va perdre en se remettant aux
mains d'un autre... c'est encore raffinement d'esthétique qui repousse les exigences d'un maître.

Tout aussi bien que notre monde moderne, le monde antique avait senti la valeur
de la virginité, ce qu'elle maintient à l'âme
de vigueur et d'énergie, en lui permettant
de canaliser dans une même direction
l'ensemble des forces qui sont latentes en
elle. Seulement, n'ayant pas ce souci de
moralité inséparable de la conception

chrétienne, il n'en pouvait suivre les prolongements dans la conduite de la vie. En
condensant son idée dans le mythe des
Amazones, il lui avait imposé des limites
où s'enferme strictement notre auteur.
Elle ne veut voir dans la virginité que
l'horreur de toute dépendance et la fierté
de l'âme qui a refusé le joug :

> Leur regard de dégoût enveloppe les mâles
> Engloutis sous les flots nocturnes du sommeil.
>
> . . . .
>
> Elles gardent une âme éclatante et sonore
> Où le rêve s'émousse, où l'amour s'abolit,
> Et ressentent, dans l'air affranchi de l'aurore,
> Le mépris du baiser et le dédain du lit.
> Leur chasteté tragique et sans faiblesse abhorre
> Les époux de hasard que le rut avilit.

Pourtant les froideurs de la virginité
s'accordent mal avec l'air embaumé que
l'on respire sous le ciel hellénique, avec les
enchantements des nuits mityléniennes,
et ce serait par trop méconnaître les gra-
cieuxenseignements de la poétesse Psappha
que s'en tenir au seul exemple des Ama-

zones. Dans les bosquets de Lesbos, je
vois circuler des groupes entrelacés où
l'œil ne discerne plus bien les intentions
formelles de la Nature quand elle créa la
dualité des sexes. La conception de *l'Androgyne* est le fruit de cette complaisance
secrète, et nous sentons pareillement de
quel prix elle peut être aux yeux de notre
auteur. De lui nous répéterons ce que jadis
nous disions du suave Luini (1). Ce qu'il
aima, ce qu'il traduisit aussi, comme on
peut rendre cela seul à quoi l'on attache
un prix infini, il paraît bien que ce furent
la grâce *indécise* et la beauté fuyante de
cet âge où le jeune homme, encore à peine
sorti de l'adolescence, entend les premiers
appels de sa timide virilité. Il y a, dans
ces strophes, tels visages aux contours
suaves, telles lignes pliantes du corps, qui
ne laissent aucun doute sur la vraie com-

(1) Voir nos *Figures de Rêve* : Les *Jeunes-Hommes de
Luini*.

plaisance de l'artiste. Comment s'émurent ces mains gracieuses, de quelle douceur ardente et contenue elles esquissèrent le geste par où nous imaginons qu'elles furent infiniment sensibles à qui les sut élire... nous le percevons à travers ces poèmes. Mais que peut valoir notre commentaire au prix des vers mêmes du poète célébrant le charme de l'Androgyne !

Ta royale jeunesse a la mélancolie
Du Nord, où le brouillard efface les couleurs.
Tu mêles la discorde et le désir aux pleurs,
Grave comme Hamlet, pâle comme Ophélie.

Souris, amante blonde, ou rêve, sombre amant,
Ton être double attire, ainsi qu'un double aimant,
Et ta chair brûle avec l'ardeur froide d'un cierge.

Mon cœur déconcerté se trouble, quand je vois
Ton front pensif de prince, et tes yeux bleus de vierge,
Tantôt l'un, tantôt l'autre et les deux à la fois.

CONCLUSIONS

CONCLUSIONS

J'estime qu'il y a quelque attitude, et, si j'ose dire, quelque inconvenance, à prétendre indiquer, dès ses pages liminaires, les conculsions d'un livre. C'est douter en quelque façon de la subtilité du lecteur, croire ou paraître croire qu'il n'y a pas assez de pénétration en lui pour dégager à mesure les intentions de l'auteur, ce que Stendhal appelait sa pensée de derrière la tête. Pareil à l'enfant qui ne supporte pas d'être tenu en lisière passé un certain âge, celui-ci ne veut pas que trop énergiquement on mette les points sur les *i*. Et d'ailleurs ne serait-ce pas la condamnation même d'un livre qu'il exigeât trop de préliminaires? Comme un paysage matinal enveloppé de brumes, sous la poussée d'une brise légère découvre à nos regards la diversité de ses aspects, les perspectives morales d'un ouvrage doivent se dégager progressivement des brouillards qui les isolaient de la vue.

Mon but serait atteint si l'image que je propose avait pu rencontrer ici son application, si les intentions et les limites du livre s'étaient dégagées du seul accent de ces pages. Je voudrais en un mot que le travail de synthèse, qui reconstitue une pensée, se fût opéré peu à peu, à mesure de l'analyse qui le décompose en ses multiples éléments. Car ce serait une pauvre analyse, bien vaine et indigne de fixer l'attention, celle qui se restreindrait à son rôle de dissociation, sans souci de préparer l'effort qui permet d'embrasser les ensembles. La poitrine ne se dilate complètement que sur les sommets, et le travail de l'analyste, en plus d'un point semblable à celui de l'archéologue qui poursuit ses fouilles, est un travail de plaine.

On chercherait à tort ici un tableau de la littérature féminine telle qu'elle se présente aux environs de l'année 1908. Un mouvement auquel correspondent tant d'efforts, et dans des sens si différents, assez imposant d'ailleurs pour avoir suscité l'ombrage des jalousies viriles, ne saurait se réfléchir en cinq Portraits, quand même ces Portraits seraient ceux des Femmes-auteurs qui par la vigueur du talent s'imposent au premier rang. Ce serait donc un point de vue tout à fait faux, celui du critique qui regretterait de ne pas trouver ici ce qu'il a l'habitude de chercher, c'est-à-dire de la critique littéraire et l'analyse des principales œuvres répondant à tel nom déterminé. Je vais faire une comparaison qui mettra mon idée en pleine lumière : lorsque le peintre d'expression a rencontré la figure qui le plus énergiquement parle à son âme, et suscité le plaisir de peindre en lui donnant ce petit coup au cœur qui ne saurait tromper, il attend pour la fixer que les mouvements spontanés de cette figure atteignent à leur plus intense qualité expressive. Pareillement nous avons choisi nos modèles, et fort peu soucieux de l'accessoire, c'est-à-dire de tout ce qui ne pouvait contribuer à mettre leur physionomie en valeur, nous avons attendu que d'eux-mêmes ils prissent la pose la plus propre à dégager leur intimité.

Grouper des documents précis sur la femme littéraire, tel fut l'objet de notre analyse, et si, dans une mesure quelconque nous y avons atteint, du même coup nous aurons assemblé les matériaux de la synthèse qui lui doit succéder, puisque les personnages de ces romans avec

les sentiments qu'ils traduisent, puisque
l'accent intime ou lyrique de ces poèmes
avec les nuances qui leur sont propres,
deviennent autant de témoignages irrécu-
sables sur l'âme qui s'exprima par eux.
La question du talent dépensé est désor-
mais hors de cause : seuls le pourraient
contester ceux qu'animerait le plus injuste
parti pris et qui tiendraient les yeux fermés
devant l'évidence même. Quand deux
romanciers comme Mme Henri de Régnier
et Mme Marcelle Tinayre sont arrivés,
par des moyens si différents, à dresser
debout des figures vivantes, agissantes,
laissant dans notre pensée une durable
image ; que de plus elles ont atteint à
leur donner une forme qui, pour se rattacher à la tradition des maîtres, n'en
garde pas moins son accent propre;
quand deux poètes comme Mme Lucie
Delarue-Mardrus et Mme Renée Vivien ont
su traduire certains mouvements de l'âme

avec une sincérité et une perfection plas-
tique que n'égalèrent même pas leurs
contemporains du sexe fort, ceux-ci ne
marqueraient-ils pas la plus mauvaise
grâce du monde en venant contester ces
mérites ? Ils n'aboutiraient qu'à découvrir
au grand jour les sentiments de rivalité
dont tendent à se défendre tous leurs
efforts apparents. Non moins vainement
pourraient-ils objecter à ces talents certains les précédents du génie, car elles
auraient toujours la faculté de leur répon-
dre : « Où sont donc vos Balzac ? Où sont
vos Victor Hugo ?... De quel droit le talent vient-il à talent égal opposer l'exemple
du génie ? »

Oui, sans doute, faut-il dire avec celles
qui le répètent mentalement, quand une
trop vive attaque les invite à rappeler
leurs adversaires à l'ordre, en leur resti-
tuant le sens des réalités : « Où sont nos
Balzac ? Où sont nos Victor Hugo ?... » Si

nous interrogeons du regard l'horizon littéraire, nous discernons bien quelques hauteurs, nous n'apercevons pas un sommet,
aucun de ces hommes chez qui la fécondité
d'invention et ce bouillonnement intérieur
qui correspond au jaillissement de la source
soient l'irrécusable témoignage de la virilité créatrice et le signe non moins certain
de la grandeur. Depuis longtemps, dans le
domaine de la création artistique et littéraire, cette espèce d'hommes n'a plus de
représentants, la seule devant laquelle la
Femme soit obligée de s'incliner sans lui
pouvoir rien opposer, car, nous le disions
au début de notre Préface, sur ces hauteurs
sacrées par le génie mâle flotte une atmosphère irrespirable à de certains poumons,
et comme il est peu d'intelligences pour
embrasser dans leur plénitude l'intime
signification de leurs œuvres, on en trouve
moins encore pour leur susciter des équivalents. C'est donc vainement que nous en

13

chercherions : depuis longtemps déjà, le sexe fort n'affirme sa domination par le despotisme d'aucun génie, et comme il advient dans l'ordre des réalités, quand nulle main puissante ne fait sentir la vigueur de son étreinte, les forces adverses redressent la tête. Point de génie, avons-nous dit, mais un groupe de délicieux talents... Quoi d'étonnant si, de valeur presque égale, quelques-unes sont venues réclamer leur place dans la lumière que projette la Renommée ?

Elles obéissent simplement aux exigences spontanées de l'être : utiliser la faculté d'expression que la Nature mit en elles. Encore ce mot : *utiliser* ne rend-il qu'un des aspects de la vérité, car il apparaît trop pratique, trop positif, précisant ces seules démarches par où l'on tente d'imposer son nom à l'attention, de la plus sûre façon qui chez nous réussisse : en faisant figure littéraire. Qui ne reconnaîtrait

à cette attitude le meilleur trait de la mentalité latine ? Et ce sont de parfaites latines,
en effet, Mme Lucie Delarue-Mardrus et
Mme Renée Vivien, ces Femmes-poètes,
disciples de Baudelaire, le plus latin des
maîtres de notre poésie contemporaine, qui
atteignent à condenser comme lui, dans le
raccourci d'une brève pièce, tout l'aigu
d'une émotion rare, après s'être meurtries
aux pointes extrêmes de la sensation. Une
telle poésie serait impossible en terre
germanique, et j'imagine qu'elle doit
paraître incompréhensible à ceux qui n'y
furent pas préparés par une identique
formation. Parfaites latines également ces
romancières, Mme Henri de Régnier,
Mme Marcelle Tinayre, qui surent unir
de si frappantes qualités plastiques à la
notation précise, implacable et cruellement
désabusée des réalités de l'amour, et cette
Mme de Noailles elle-même qui, pour avoir
pris son bien un peu partout, pour avoir

braconné sur tous les territoires, gardés ou non, de la littérature romantique n'en réussit pas moins à composer un amalgame fort divertissant pour le goût. Ce n'est plus là simple parti pris de faire figure dans le monde littéraire, mais ambition justifiée par des mérites correspondants.

Je me représente le plus déterminé des Misogynes, et, pour n'en citer qu'un, le plus illustre, Schopenhauer, revenant sur cette terre, et choisissant dans son écritoire la plus aiguë de ses plumes pour juger la production féminine de ce temps. Peut-être ne paraîtra-t-il pas sans intérêt de se poser la question suivante : ses conclusions s'en trouveraient-elles modifiées, et dans quelle mesure ? De lui nous n'avons guère retenu que le mot fameux qui se grave dans la mémoire — tel un profil de médaille — sur le sexe « aux cheveux longs et aux idées courtes », premier trait d'un dédain qui déduit ses raisons de l'obser-

vation des faits, pour aboutir au jugement
motivé : « Que peut-on attendre des femmes,
si l'on réfléchit que dans le monde entier
ce sexe n'a pu produire un seul esprit véritablement grand, ni une œuvre complète et
originale dans les Beaux-Arts ? » Songez
que le maître de Franckfort notait ses apho-
rismes au temps où la femme-auteur se
manifestait comme le phénomène le plus
rare et le plus isolé, vingt années avant
que son disciple Nietzsche, qui partageait
ses sentiments, flétrit en George Sand
« l'ambition populacière qui aspire aux
sentiments généreux ».

Et d'abord on peut bien croire que le
seul groupement de tant de plumes féminines saurait retenir son attention : le
passage du fait individuel au phénomène
collectif lui serait un suffisant témoignage,
quant à l'intérêt d'un mouvement qui mo-
bilise des forces correspondantes à celles
dont la société se trouve travaillée. Car

c'est ici que nous touchons au point central de notre effort, celui où les conclusions du moraliste viennent se déduire
logiquement de l'enquête du psychologue.
Sont-ils pas comme les deux volets d'un
dyptique qui s'expliquent et se commentent
naturellement? Du point de vue littéraire,
le philosophe de Franckfort aurait tôt fait
de déblayer le terrain, de renvoyer à leurs
magazines celles qui brassent des besognes
en contribuant pour leur bonne part à ce
que Sainte-Beuve appelait déjà, voici cinquante années, l'industrie littéraire. Mais
une fois terminé ce premier travail élimi-
natoire, quand il aurait, de son clair regard
d'observateur, fouillé l'âme de chacune
en plongeant ses yeux dans leurs yeux,
quand il aurait sondé les reins et ausculté
les cœurs de celles qui représentent une
valeur, quel serait son diagnostic? Je vous
le demande et me le demande à moi-même
en tentant de le reconstituer.

Point de génie sans doute, si l'on entend par là le jaillissement spontané d'une âme qui, grâce à la puissance de ses moyens d'expression, ne trouve d'image adéquate que dans les forces de la nature s'imposant tout autour d'elle. C'est bien le sens de son premier jugement, quand il parle « d'œuvre complète et originale dans les Beaux-Arts ». Mais que de talent dépensé et comment demeurer insensible, si l'on connaît la tradition française, à tant d'art mis en œuvre pour renouveler nos sensations ? Comment y demeurerait-il insensible, lui surtout qui ne saurait manquer de reconnaître en celles qu'il va juger tout un groupe de jeunes initiées ? Ici, en effet, l'impartialité du juge se complique et s'affaiblit de l'indulgence du maître pour des disciples en qui il retrouve un miroir à ses plus chères doctrines. Il faut tenir compte de cette nuance : avoir conçu, en s'en créant un premier titre à la gloire, une métaphysique de l'amour qui repose toute sur l'observation désenchantée de ses exigences physiologiques ; en avoir déduit, dans une langue aussi claire qu'impérieuse, des servitudes qui s'imposent à l'humanité suivant la rigueur implacable de l'antique destinée... puis rencontrer soudain dans l'œuvre rapprochée de cinq auteurs femmes qui n'eurent guère entre elle que ce point commun, je ne dis pas seulement la confirmation, mais une manière d'hymne enthousiaste à vos plus solides croyances, n'est-ce pas là de quoi brouiller le meilleur regard, intervertir les opinions du plus robuste misogyne ?

Je veux supposer qu'il n'ait rien perdu de cette lucidité première qui fit son indépendance. Le groupe aimable et sympathique de ces jeunes femmes qui spontanément lui viennent rendre hommage et s'avouent ses disciples en rendant témoignage à son œuvre, n'a point entamé sa liberté d'appréciation. A son tour il s'incline devant cette saisissante faculté d'assimilation, et la souplesse de talents qui, tout en continuant la meilleure tradition de notre génie latin, gardent pourtant leur accent propre. Il s'étonne qu'une même poussée de sève ait produit ces fleurs rares à la lumière du jour. Mais dans le même instant qu'il en admire l'éclat et qu'il en respire le parfum, il démêle ce qu'il y a d'artifice en elles. Il ne se laisse pas éblouir, il ne perd pas un instant la tête. Je l'aperçois même qui prépare sa volteface et opère son mouvement de retraite. Toutes les concessions qu'il a faites comme écrivain, il va revenir sur elles, comme psychologue et moraliste. Tout le terrain qu'il a abandonné comme artiste, il va le reprendre au nom d'un intérêt supérieur. J'ai beau faire, je ne puis m'empêcher d'entendre ses conclusions : les voici, brièvement résumées, avant même que nous

les développions : La Femme littéraire est
un *monstre*, au sens latin du mot. Elle est
un monstre, parce qu'elle est anti-naturelle. Elle est anti-naturelle parce qu'elle
est anti-sociale, et si elle est anti-sociale,
dernier terme du raisonnement, c'est
qu'elle reproduit, comme en un saisissant
microcosme, la plupart des ferments de dé-
générescence qui travaillent notre monde
moderne.

Voici, je pense, comment pourrait s'édi-
fier un raisonnement qui n'apparaît pas
seulement celui que tiendrait le philosophe
de Franckfort, mais aussi celui de tous les
esprits fondant leurs déductions sur l'observation des lois de la nature. Partant de l'idée
spinoziste qui envisage le monde comme
un ensemble de forces hiérarchisées entre
elles suivant un plan inéluctable, on aboutit à ce principe : Tout être doit se développer dans l'ordre de ses tendances, et
chaque fois qu'il contredit sa loi, ce n'est

pas seulement au dépens de sa destinée personnelle, c'est encore pour le plus grand dommage du groupe social dont il fait partie. Ainsi s'affirme l'universel principe de solidarité des forces qui établit un rapport de mutuelle dépendance entre chaque mouvement individuel, si bien qu'il n'est pas un de ces mouvements qui n'ait son retentissement sur le voisin, par un jeu de tous points identique à celui des flots de la mer, où nous voyons chaque courbure de la vague qui s'avance vers le visage réagissant sur la courbure la plus proche et collaborant par là à l'immensité du flux. Magnifique et bienfaisante image, la plus hautement symbolique que je sache de la loi de solidarité, son premier mérite n'est-il pas de substituer sa vertu éducatrice à ce que l'idée toute nue pourrait avoir de trop abstrait? Dans l'immense flux d'intérêts en conflit et de puissances rivales que représente une société, quel est le rôle,

quelle est la mission de la femme ? Notre
seul instinct suffit à les préciser : ils sont
tout de *création* et de *conservation*.

Prenons-la dès sa petite enfance, pour
observer dans l'œuf les traits primordiaux
que la Nature en elle déposa, comme le
germe d'où sortira tout l'avenir... ce sera
l'ensemble des instincts qui, d'abord em-
bryonnaires, mais non moins précis pour
cela, composeront plus tard sa décisive
personnalité. Voyez ce groupe d'enfants
où se trouvent confondus les deux sexes !
Tandis que les garçons se dépensent en
généreux efforts, déjà les filles ne livrent
qu'une partie d'elles-mêmes, et de leurs
regards en coulisse observent si l'intérêt
s'attache sur elles. Coquetterie... prononce
la langue vulgaire. Ah ! que les mots
sont donc étroits, et dans leur brutale
précision expriment insuffisamment les
nuances dont se compose une âme humaine,
fût-elle en formation ! C'est bien le fait

qu'ils signifient, mais, sous le fait que nos
yeux constatent, qui dira l'intention ca-
chée, le trait inconscient qui n'en est que
plus fort, par où le psychologue fortifie en
l'expliquant la notation de l'observateur?
Coquetterie, dites-vous. Je le veux bien,
mais plutôt encore : besoin de plaire, première esquisse du geste qui sera celui de
toute la vie ; hommage rendu par l'instinct
à sa destination future, au rôle, au rôle
unique que lui assigna la nature. Il n'est
presque rien d'insignifiant dans les propos
que le vulgaire traite de puérils, et, pour ma
part, j'aime à la folie ce mot d'une petite
fille entendu dans les allées d'un jardin public qui, par ses prolongements sur l'âme
féminine, vaut à mon sens les plus médul-
laires légendes de Gavarni : « Maman,
soupire-t-elle à sa mère qui la tient encore
par la main, repassons, dans cette allée. —
Pourquoi, mon enfant? — Parce qu'il y a
une dame qui a dit que j'étais jolie ! »

Plaire ! il n'est pour elles nulle autre raison d'exister. Depuis les époques loin-
taines où ce leur était l'unique moyen
d'échapper à la mort en écartant, par
l'éveil du désir, les brutalités du mâle
primitif, jusqu'aux temps d'extrême civilisation où ce devint leur meilleur gage de
domination sur le citoyen policé, elles ne
poursuivent pas d'autre but ; tous leurs
efforts vont à préparer les armes qui assu-
reront leur pouvoir. D'où leur propension
aux larmes... les larmes, signe de faiblesse, qui dans leurs yeux deviennent un
instrument de force... les larmes dont
Jean Paul disait : « C'est leur sang de
saint Janvier avec lequel elles accomplis-
sent leurs miracles... » les larmes, à propos desquelles un évêque, qui dans la pratique de la confession avait pris d'excel-
lentes vues sur la psychologie féminine,
faisait cette observation : « Les petites
filles aiment tant à pleurer que j'en ai

connu qui allaient pleurer devant un miroir pour *jouir doublement* de leur état. »
Faut-il insister sur ce qu'il y a de saisissant dans cette notation, propre à ravir un psychologue ? Elle nous en dit long sur la puissance de dédoublement de l'âme féminine. La voyez-vous, la fille d'Ève ? elle pleure et se regarde pleurer : c'est l'actrice qui va jouer son rôle et prépare ses effets. C'est peu d'utiliser les moyens d'action dont on dispose, il faut encore les étudier par le détail pour saisir l'infinité de leurs nuances.

Qui donc a prétendu que les pleurs enlaidissent? Dans nos yeux d'hommes peut-être, qu'ils boursoufflent et tuméfient. Mais elles, savent-elles pas s'arrêter à temps pour en dégager une séduction? C'est toujours l'image immortelle dont Shakespeare caractérise le charme de Cléopâtre, et partant, de toute femme qui obéit à son instinct : « Je l'ai vue une fois dans

la rue sauter quarante pas à cloche-pied.
Ayant perdu haleine, elle voulut parler et
s'arrêta palpitante, si gracieuse *qu'elle fai-*
sait d'une défaillance une beauté. » Don des
larmes, besoin de plaire, les deux sont liés
ensemble, comme un effet à sa cause. C'est
pour elles la part sérieuse, j'allais dire tra-
gique, de la vie, puisque leur destinée en
dépend et qu'il n'y a rien de plus sérieux
pour l'être que d'accomplir sa destinée.
D'où leur crainte de l'ironie. Volontiers
moqueuses, les petites filles ont la terreur
d'êtres moquées, car elles sentent déjà que
c'est la suprême atteinte au prestige par où
elles s'imposeront.

Ces premiers traits marquent bien chez
la femme la prédominance affective et son
corollaire, la passionnalité, où nous allons
trouver les puissances de création et de
conservation que la nature lui assigna
comme rôle et comme fonction vitale.
Un des amis de Mme de la Sablière di-

sait d'elle : « Elle n'a jamais pensé, elle n'a fait que sentir. » Paradoxe évident, où il nous fait voir l'exagération du mot qui s'ingénie à souligner une vérité. Corrigeons ce qu'il y a d'excessif dans la formule : La femme est l'ennemie née de l'abstrait. Quand elle pense, c'est toujours à travers sa sensibilité, à l'état secondaire peut-on dire. Pour elle, plus strictement que pour l'autre moitié du monde, le mot n'est que le substitut de l'image, d'où le succès de la littérature d'imagination qui n'est pas près de disparaître ni même de diminuer, tant que les femmes composeront une moitié de ce monde. Il n'y faut voir qu'une conséquence de cette personnalité au sujet de laquelle Fénelon observe : « Un défaut bien plus ordinaire chez les filles, c'est celui de se passionner même pour les choses les plus indifférentes. Elles ne sauraient voir deux personnes qui sont mal ensemble sans prendre parti dans

14

leur cœur pour l'une ou contre l'autre. »

Ah ! celui-là connaissait bien un sexe pour qui l'idée de justice toute nue correspond précisément à l'abstraction ennemie de sa nature, et tellement hostile à son tempérament qu'elle aime mieux la négliger de parti pris que d'y plier les prédilections de son cœur.

Ainsi s'affirme, par des indices certains, s'esquissant au premier âge, la parfaite unité de constitution mentale chez celle dont la vie a ce double but : *créer, conserver.* Petite fille, déjà nous la voyons qui mime son rôle, puisqu'à vrai dire le sens de sa destinée tient tout en ces deux gestes symboliques : le regard dont elle quête l'assentiment de qui l'approche, premier signe d'élection amoureuse, et l'étreinte dont elle presse sur son cœur le hochet de bois qui figure sa maternité à venir. C'est bien le rôle qu'elle répète dans la coulisse avant de revêtir le costume et de passer à l'avant-scène. Plus tard en effet les circonstances multiples de la vie individuelle se chargeront de diversifier le geste, mais toujours, en définitive, il pourra se ramener à ces éléments essentiels. Un vague instinct lui révéla que, pour sa tâche de création, la Nature exige la dualité des sexes, et plus tard le regard passionné de l'amante ne sera que l'affirmation consciente du sentiment qui cherche à fixer ce que le premier regard de la petite fille s'était appliqué à conquérir. Car il ne suffit pas de créer ; encore faut-il conserver, et ce geste est encore plus expressif de l'âme féminine, qui enserre de ses bras et presse sur sa poitrine la tête de celui qui assurera la durée du foyer.

Tous les instincts de la Femme vont donc spontanément à cette forme de conservatisme social qui d'avance accepte une hiérarchie de forces à laquelle elle se soumet. C'est peu dire qu'elle accepte l'autorité

virile ; elle la demande, elle la requiert de
tout son amour, forme inséparable du besoin de protection auquel elle dut de pouvoir subsister aux premiers âges. Il faut
voir un expressif symbole, et de qui s'y
connaissait en amour, dans l'attirance de
la *brebis blanche* Desdemone vers le *bélier
noir* Othello. Ce n'est pas seulement notre
amour des contrastes qui trouve sa satisfaction dans ces deux images rapprochées.
N'a-t-on pas toujours observé que les plus
faibles et les plus femmes inclinaient à
l'amour des plus robustes et des plus virils ?
C'est comme une loi d'harmonie qui veut
que deux êtres, en se rapprochant, cherchent
à se compléter l'un l'autre. Certains y ver-
ront une suite de la tendance ancestrale à
laquelle la Femme fut redevable de subsister, elle et ses enfants, et sans laquelle
ne se serait pas opérée la sélection indispensable à la race. C'est, en tout cas, le
principe, ayant son origine dans ce qu'il y

a de plus fort en nous : la sexualité, de ce conservatisme social qui d'avance accepte l'autorité, ses formes diverses et ses symboles, comme autant de gages d'une *durée* correspondante à son besoin de fixité.

Tel est donc le type normal. Créer, Conserver... ce sont les deux termes où vient aboutir l'effort du sexe qui nous donna nos mères, nos sœurs, nos amantes et nos épouses. Si puissante l'unité de constitution mentale qui les régit, que cherchons en chacune les mêmes traits fondamentaux, diversifiés seulement dans le détail par les exigences de notre nature subordonnée elle-même à la volonté de vie qui se perpétue par elles. J'admire à quel point nous restons, suivant la féconde pensée du philosophe de Franckfort, les instruments aveugles d'une force qui poursuit son but en nous pliant à ses lois, car, de quelque nom qu'on l'appelle : Dieu, Nature, Fatalité, on ne fait que marquer

par là une prédilection métaphysique, et
elle n'en demeure pas moins l'unique
régulatrice de nos destinées. Qui de nous
voudrait, pour la serrer dans ses bras,
pour imprimer sur ses lèvres le baiser
d'amour préludant à la fusion des êtres,
qui d'entre nous voudrait d'une femme en
qui il ne retrouvât pas quelques-unes des
vertues essentielles admirées chez sa mère,
chez ses sœurs ! L'instinct du futur chef
de famille qui va fonder un foyer s'oriente
vers les qualités qui lui paraissent le plus
sûr gage de sa durée, assez semblable à
celui du citoyen qui participe à la vie de
la nation, dont il se sent un membre actif
et responsable.

Conservatisme social... avons-nous dit,
Il est au confluent de tous les instincts de la
Femme, envisagée comme type normal et
continuatrice de la vie. Il répond aux
besoins intimes de l'homme qui la veut
perpétuer. Nous le voyons qui s'appuie

sur un ensemble de garanties ou de forces
qui ne se sont guère modifiées depuis que
le monde se développe en sociétés organisées, et auxquelles il paraît bien, d'après
de récentes expériences, que l'on aura du
mal à trouver des suppléantes. Faut-il les
nommer, ces vertus cardinales, authentiques soutiens de la société ? Ce sont
l'Ordre, reposant tout entier sur le principe
d'autorité, qui maintient entre les divers
membres du groupe, comme entre les
pièces d'un organisme savamment assemblées, les rapports de dépendance et de
hiérarchie propres à assurer leur fonc-
tionnement... La Morale, qui envisage
l'être individuel, comme un composé
d'instincts bons et mauvais, entre lesquels
se poursuit une lutte sans trêve, les uns
conservateurs, les autres destructeurs de
la personnalité, répondant de façon frappante d'ailleurs à cette théorie biologique
de la *Phagocytose*, ou lutte entre les bons

et mauvais microbes qui constituent
l'être physique et rivalisent entre eux pour
la destruction ou la durée de celui-ci... La
Religion, enfin, qui reposant au fond sur
l'idée kantienne, perçue bien avant Kant,
de la relativité de la connaissance, propose
l'hypothèse d'une Destinée supra-terrestre,
laquelle peut seule donner un sens à la
vie... la Religion, le plus puissant de tous
les freins, assise même de l'ordre social,
sur laquelle durant tant de siècles s'appuya
l'édifice, et dont un penseur de nos jours
a pu dire, en termes d'autant plus saisis-
sants qu'il n'y voyait que le dernier sou-
tien de cet ordre compromis : « On peut
évaluer son apport dans nos sociétés
modernes, ce qu'elle y a introduit de
pudeur, de douceur et d'humanité, ce
qu'elle y entretient d'honnêteté, de bonne
foi et de justice. »

Veut-on maintenant qu'au type normal
nous opposions son contraire ? Ce sera

la *Femme de lettres*, telle que nous la propose, en groupement serré, la production contemporaine. Si j'atteins à l'établir, j'aurai terminé mon effort de synthèse, en recomposant le monstre. Mais déjà les éléments épars que nous fournit l'analyse ne furent-ils pas édifiants? Dès l'instant qu'elle prend en main la plume, elle se révèle comme un ferment d'anarchie, si bien que nous la pouvons concevoir dans l'ordre privé excellente épouse, mère accomplie, puis démentant comme de parti pris, dans ses constructions imaginatives, la valeur des vertus dont personnellement elle donna l'exemple. Je renonce à en chercher l'ultime raison, laissant ce soin à des psychologues plus pénétrants ou plus patients que moi, et me contente de grouper mes conclusions.

Faites ce dernier effort de rapprocher, dans une vue d'ensemble, les héros qu'avec tant d'amour leur pinceau caressa : ce sont membres d'une même famille avec qui vous fîtes individuellement connaissance, et qui se trouvent maintenant à portée de votre main. Quelle ressemblance psychique entre eux, si toutefois les qualités du talent qui les fixa diversifient leurs traits apparents ! De toute leur énergie nous les avons vus démentir et repousser les instincts conservateurs de vie. Quel instinct d'ordre pourrions-nous attendre de celles qui sont à ce point esclaves et victimes de la sensation exclusive, qu'elle est devenue la Divinité devant laquelle elles s'humilient ? L'instinct d'ordre nous enseigne à établir une hiérarchie dans nos appétits, comme la morale à exalter les uns et à rabaisser les autres au nom d'un principe directeur. Qu'adviendra-t-il chez celles dont l'unique principe directeur est l'abandon de tout l'être ?

Ah ! j'entends assez ce que l'on peut objecter, et qui tient tout en ceci : les *Droits de la passion*. Nul plus que nous ne les saurait admettre. à une condition pourtant : c'est qu'on leur reconnaisse un contrepoids nécessaire. Évidemment l'adultère n'est pas près de disparaître, la plus riche matière littéraire où s'exerça et continuera de s'exercer utilement l'imagination des écrivains, pour en dégager des conflits propres à passionner l'intérêt. Mais ce sera précisément à raison de ces luttes où sont engagées les destinées de l'âme, par la mise en jeu des forces, conservatrices ou destructrices, qui se combattent en elle. Les plus grands chefs-d'œuvre de la Littérature d'imagination ne prennent leur relief à nos yeux que par l'existence de ces conflits, et sans remonter aux ouvrages que consacra le recul des années, la *Femme de trente ans* par exemple ne garde son prestige littéraire, que dans la phase *morale* si je puis dire, celle où l'instinct du devoir poursuit sa lutte avec les mouve-

ments de la passion (1). Mme Bovary elle-
même, dont toute une génération fit un
symbole d'immortalité, connaît également
la lutte, puisqu'elle ne glisse entre les
bras de Rodolphe qu'après avoir cherché
un refuge au confessionnal et s'être heurtée
aux insuffisances du prêtre incompétent.
Qui sait ce qu'il fût advenu d'elle, si le
pauvre curé Bournisien avait sympathisé
avec ses angoisses, et ne lui avait somme
toute fait la réponse : Puisque vous êtes
malade, pourquoi n'allez-vous pas trouver
votre mari ?...

Par la plus étrange interversion, qui mo-
difie sa nature en l'élevant au rang littéraire,
la Femme-auteur a changé tout cela (2) ;

(1) Sainte-Beuve observe justement que Balzac a gâté
par sa conclusion cette merveille, que représente la
première partie du roman.

(2) Ma seule réserve est pour Mme Marcelle Tinayre,
de qui l'art objectif se rapproche si étrangement de la
conception virile. Nous l'avons montré dans notre étude :
Des Poèmes comme ceux de Mme Lucie Delarue-Mardrus
et de Mme Renée Vivien sont aussi rigoureusement
amoraux que la *Domination* ou *Esclave*.

aussi bien, la voulant caractériser, sera-ce peu que dire *antimorale*. C'est *amorale* qu'il faut substituer. Si la prédestination de la Femme, envisagée comme elle l'est par nos auteurs, à la façon d'une antique Fatalité, est bien de succomber dès l'instant qu'on l'attaque ; si toujours elle doit, en vertu de la faiblesse inhérente à son être, « comme le fruit mûr tomber sur la prairie », qui ne voit que du même coup s'affaisse le ressort d'intérêt qui nous attachait à ses actes ? Peut-être nous arrêterons-nous encore à quelques sujets de ces trop spéciales nosographies. Mais, du simple point de vue littéraire, en admettant que nous écartions des conséquences morales pourtant si attachantes, nous ne pouvons que regretter les anciennes complications sentimentales, qui faisaient contre-poids à l'instinct et créaient un rempart de toutes leurs défenses assemblées. Pour ce qui est du point de vue social, on voit assez

maintenant quel ferment leur œuvre représente dans la dissolution des idées morales qui jadis ont mené le monde, et vers
lesquelles il faudra bien qu'il se retourne
un jour, faute d'une meilleure lumière pour
le guider !

FIN

TABLE DES MATIÈRES

2241-08. — Tours, Imp. E. Arrault et Cie.

www.ingramcontent.com/pod-product-compliance
Lightning Source LLC
Chambersburg PA
CBHW061440030726
47503CB00005B/1502